相澤りょう

ねこあつめの家

実業之日本社

実業之日本社文庫

ねこあつめの家

contents

ねこあつめの家

どこまでも青く広がる夏の空、そびえ立つ入道雲。
ぎらぎらと自己主張の激しい太陽が、ほんの少しだけ優しくなる昼下がり。
古民家の縁側に陽が注ぎ、成長の記録を残す柱が影を落とす。
畳の上にごろんと転がってのんびり昼寝。
虫取り網とビーチサンダルは出しっ放しのままで母ちゃんに怒られたっけ。

いつまでだっただろう?

不安もなしに寝ることができたのは。
あの頃はよかった。
何か気に入らなければ怒った。
好きなものを好きだと言えた。
難しいことを考える必要がなかった。
戻れるなら——あの頃に。
できるなら——まどろみの中に。

目覚めたくない、まだこの眠りの中に居たかった。

チリン——鈴の音が聞こえた。

視線の先に一匹の猫。
庭先の真ん中にちょんと座り、しっぽの先を稲穂のように揺らしていた。
三毛猫はまっすぐにこちらを見据えていた。
まっすぐ見つめる猫は、何かを訴えていた。
それが何かわからない。
「……え、せ……え……」

誰かに呼ばれている気がする。
意識も薄れて、頭の中は真っ白になっていく。
霞んでいく景色の中で、猫の顔がどこか印象的で……。
チリン——頭の中で響く鈴の音が、透明になって消えた。

一章　没落作家、ゾンビから逃げて猫に出会う

「……先生？　佐久本（さくもと）先生？」

「……は、い？」

「先生、聞いてます？」

自分の名を呼ばれたことに気付くのに少々の時間を要した。客の来店を告げる喫茶店のカウベルが鳴ったタイミングとほぼ同時だった。

「……っ」

頭が真っ白になり、ビクッと肩が跳ねる。

勝（まさる）はずり落ちた眼鏡をかけ直し、ソファーにだらしなくもたれかかっていた姿勢を整えた。

やってしまった――今の反応は失敗だ。後悔したが時既に遅し。

「……よく寝れますね、打ち合わせ中に」

思った通りの反応だった。

対面する鴨谷（かもや）は笑顔を浮かべているものの、その瞳は笑っていない。

首元が少しくたびれた白シャツを着た鴨谷は、仕事先の出版社中学館の編集者だ。

鴨谷の嫌味をたっぷり含めた棘（とげ）のある言葉に、勝は肝を冷やした。

声の抑揚から察するに、鴨谷は他にも何か言いたいことがある。そんな口ぶりだった。

ここは神保町（じんぼうちょう）。世界一の古書店街と知られる本の街だ。その街中にある喫茶店の一角に机を挟んで向かい合う彼らの姿があった。今日は連載中の作品について急遽（きゅうきょ）、打ち合わせが行われることになり、こうして出版社の担当と顔を合わせていたのだが。

「……いや、寝てません」

平静を装いながら、勝は頭を小さく左右に振った。パソコンの画面を半分以上も塗りつぶす「Z」を消しながら答える。これで証拠は抹消。何も問題はない。

だが、鴨谷は頬をひくつかせて、

「寝てたよな?」

鴨谷はスマートフォンの画面を隣に座る女性に見せた。

彼女は十和田ミチル。すとんと落ちる黒髪をアップにまとめ、清潔感のある夏っぽい服装がどこか眩しい。打ち合わせに同席する彼女も、勝の担当編集だ。現在は鴨谷を補佐する形で、連載中の作品についてお世話になっている。

十和田は画面を、そして勝を一瞥して小さな吐息と共につぶやいた。

「寝てました」

鴨谷はほら、と勝にも画面を見せた。

そこには瞼を閉じ、口を半開きにして船を漕いでいる勝の姿があった。

万事休す。

「ね、寝てません」

十和田の目配せは、これ以上の言い訳を無意味と物語っていた。

鴨谷はどこか勝ち誇った様子で、テーブルに半身を乗り出して切り出した。

「で、今の提案どうでした？」

彼は自信満々といった様子でたずねた。

勝は、ほんの少し前のことを思い出して肩を落とす。

何が嫌で居眠り、もとい逃避に至ったのか。鴨谷はわかってないらしい。

作品の方向性について、彼らは強引な変更を求めてきた。それもまったくありえない方向の……それを聞いた途端、勝は聞く耳を持たなかった。

あえてとぼけた口調で聞いてみる。

「なんでしたっけ？」

「ですから、主人公がゾンビになるって話です」

勝は鴨谷の言葉の意味をおそるおそるたずねる。

「ゾンビ？」

鴨谷は大きく頷（うなず）いて見せた。

勝は不満の色を表情に出さずに、笑顔で取り繕った。ファインプレーだったと思う。

聞き間違いではなかった。むしろ、聞き間違いであって欲しかった。

反応が気に入らなかったのか、鴨谷は補足するように熱弁を続けた。

「だって、このままじゃインパクトないですよ。まだ連載半分以上残ってるんですから、ここらでドカンとヤマを作らないと」

鴨谷は身振り手振りでもっともらしいことを言うが、勝にはピンとこなかった。

そもそもゾンビってなんだ。ゾンビって。

今更そんな展開にしても、出落ちどころじゃすまされない。

「あ、だけど、そういう小説じゃ」

「もちろんわかってますよ。そこを、敢えて、ね」

本音を隠し、やんわりと断ろうとしたが、鴨谷に遮られて勝の発言は行き場を失った。口内で後味の悪さだけが残り、喉元まで出かかった不満と溜飲を飲み込んだ。ここ数年で自分の意見を押し殺すのも慣れたものだった。

確かに鴨谷の言い分もわかる。それは作者である勝が一番感じている部分だ。

盛り上がりに欠けている。

インパクトが物足りない。

何より目新しさがない。

どれももっともな指摘ばかり。

大きなお世話だ——とは言えなかった。

だからこそ、鴨谷の何気ない一言が、勝の心のささくれに引っかかるのだ。

確かに足りないのはわかる——でも、ヤマを作るために主人公をゾンビにする？

正直、気が滅入る。

それがどんな効果を出すのか、勝には不安しかない。

どんな展開を編集者は期待しているのか、勝は理解に苦しむ。

作風をガラッと変えたら、読者はどう思うだろうか？

そもそもゾンビなんか出したら、この小説はどんな方向に転がるのか？

仮に……もし仮に採択するとして、そこから考え出せる可能性は？

短い時間で脳をフル稼働し、検討してみた結果。

「……無理があると思うんですけど」

出鼻をくじかれたが、作者として現実的な見解を口にした。

確かに読者を裏切ることはできるかもしれない。だが、この場合の裏切りは、読者に対して悪影響を及ぼすような気がしてならなかったからだ。それに加えて、ここを簡単に譲ったら、作品の根底がひっくり返る可能性だってある。

下手したら作家生命を絶ってしまう、危険な賭けだ。

「じゃあ、他に何か案があります？」

飄々（ひょうひょう）としていた鴨谷の目はスッと細くなり、その瞳がギラリと光を放つ。勝はナイフを首筋に当てられているような寒気を覚えて、咄嗟（とっさ）に視線をそらした。動物的反射のようなものだった。というのも、これまで勝だって打開案として、恋のライバルを登場させて盛り上げる、主人公の好意を利用して、事件を引き起こすといったアイディアもいくつか出している。だが、鴨谷を納得させる提案はできていない。もちろん、十和田も難色を示した。あれがダメだ、これがダメだ、試行錯誤をしてもことごとく却下。胃が痛くて仕方ない。

「ねっ？　ここは一つ仕掛けてみましょう」

「ですけど……」

会話が途絶え、場の空気が停滞する――沈黙が支配しはじめた。

勝はこの空気が苦手だった。会話を弾ませることもできなければ、相手から引き出すこともできない。元々、人付き合いが苦手だ。そして今回のように意見が真っ向からぶつかった際、どちらが折れるか折れないか――結局、折れるのはいつも勝だった。

息苦しい沈黙が続き、これまで傍観していた十和田に動きがあった。

「例えばですけど……」

「……何？」

鴨谷の高圧的な一声は「お前は口を出すな」と言っていた。対面に座る勝ですらすくみ上がったのだ。立場の弱い十和田は、萎縮して視線を伏せてしまった。

だが、それは勝にとって渡りに船である。

「例えば？」

この際なんでも構わない。

ゾンビ案とこの沈黙を打開してくれる。そんな期待を持って、勝はその先を促した。

十和田は弾けるような笑顔になって、

「例えば、佐久本先生らしさが出るような、哲学的ゾンビ、みたいな」

意見を出してくれたのはいいものの、それは勝が期待する斜め上の解答だ。

哲学的ゾンビ？

「……どういう、意味？」

思考の糸が、毛糸玉のようにからまりあって、丸々と大きくなっていく。

「ほら、先生わかんなくなっちゃったじゃない」

鴨谷も同じ意見だったのだろう。

十和田に横やりを入れられて、面白くないだけかもしれないが。

足りない言葉を補おうとして十和田は、

「つまり、九月の海で佇（たたず）んだりするわけですよ、ゾンビが」

余計に意味がわからない。

彼女のつまりはどこにかかっているのか。

思わず渋面になる。向かいの鴨谷も顔をしかめている。

「あ、別に九月の海にこだわっているわけじゃないんですけど、ゾンビを内省的に描いた作品って今までにないと思うんですよ」

確かにない――かもしれないけど、ないならその理由があるはずだ。

考えを巡らせる勝だったが、ゾンビの内省的部分を描いて誰が喜ぶ？

ぐちゃぐちゃになる脳内で必死に考え、時間だけが無情にすぎていく。

「うわ、もうこんな時間だ」

十和田は何とか真意を伝えようと必死に説明を試みるが、鴨谷はそれを遮り、

「先生、すみませんが、次がありましてね」と、腕時計を見ながら、手帳をたたみ、そそくさと帰り支度を始めた。

「ま、とにかく主人公はゾンビになる。その線でいきましょう」

そう言って鴨谷は、伝票をひょいと手にとって席を立った。

「……えっ、ちょっと」

勝は思わず身を乗り出した。ゾンビを出した後はどうするの？　一方的に決め

て、投げっぱなしにされたら困るのはこっちだ。

席を立った鴨谷の脇で、十和田も困惑の色を浮かべていた。

「あぁ、そうそう」

鴨谷は足を止めて、思い出したように告げる。

「締め切り、来週の月曜日ですからね」

取り付く島もなければ、聞く耳も持たないらしい。

一方的に作品の方向性を決め、打ち合わせを切り上げて鴨谷はレジに向かった。

勝はその背中を見て、喉元(のどもと)まで出かかった言葉を無理矢理飲み込むしかできなかった。

ちょっと待ってよ、いったいどうすればいいんだ！

＊

本を読むのは昔から好きだった。

とはいえ、子どもの頃は外を駆け回るわんぱく坊主。だが、残念なことに体はそんなに大きくならなかった。成長期に入り、友だちの体はぐんぐんと大きくなっていく。徐々に遊びの輪に入れなくなって、サッカーも野球も見るだけになった。その頃から、自然と一人遊びが増えるようになった。

そんな勝少年の遊び相手は、母から買って貰った一冊の本。

本は勝をいろんな世界に連れて行ってくれる魔法の道具だった。

時には剣を振るい、世界の危機を救って勇者になった。迷宮入りする事件を見事解決する名探偵にもなった。銀河をまたにかけ、たくさんの悪事を打ち破った。

ドキドキした。

ワクワクした。

一冊の本との出会いで、小説家を目指すようになったのは当然の帰着だった。


だが、今の自分の姿はどうだ？


打ち合わせを終えた帰路。

嘆息を一つ、そして前方をのそのそと歩く鴨谷の背中を恨めしげに睨んだ。

でも長続きせず、自然と目線は下へ下へ。

足並みを揃えて、横目で様子を窺う十和田の優しさが辛い。

鼻先をかすめるように、古書の匂いが流れてくる。

店頭に並べられ、日に焼けた古本を眺めていると、ちょっと古ぼけた香りは、実家に山積みになった文庫本を思い出させた。

郷愁（きょうしゅう）に駆られて空を見上げる——都会の空はやっぱり狭いな。

ふと、勝の視界に巨大な看板広告が飛び込んできた。

そこには「北風裕也（きたかぜゆうや）」の名前が、新作の書影と共に大々的に載せられていた。

これを見るだけで、出版社がどれだけ力を入れているのか一目瞭然だ。

看板に気を取られて歩いていた勝は、電話ボックスにぶつかって尻餅をつく。

「先生？」

「ドカーンと行っちゃいましたね」

ぶつかったショックで呆（ほう）けていた。

勝の視線の先に、新刊の看板を見つけた鴨谷は「あぁ……」と納得したようだ。

「そういえば、佐久本先生、北風先生とデビュー同期でしたっけ？」

出た。内心で毒づいた。北風裕也を引き合いにされるいつものパターンだ。

そして彼らは現在の立ち位置で比較する。

「でも、新人賞は佐久本先生が先にとったんですよね」

十和田は慌ててフォローするが、それは勝を更に憂うつな気分にさせる。

——やめてくれ。それ以上、掘り下げないでくれ。

胃がキリキリと軋む、まるで心の悲鳴のように。

「え、そうだったっけ？」

鴨谷は悪びれる様子もなく、興味なさそうにぼやいた。

「どこでこんなに差が出たのかね」

誰に言うわけでもない鴨谷のつぶやきだった。

言葉のナイフは、雑踏の中でも勝の耳に届いていた。

転んだ拍子に付着したズボンの汚れを払い、平静を装って立ち上がった。

「そんなの僕にもわからないですよ」

思わず強い口調になった。

頭から氷水をぶっかけられたような気分だった。

「あ、いや……先生、これは違うんですよ」

悪意の有無はどうあれ、この場から逃げ出したかった。

「僕、原稿がありますので、し、失礼します！」

振り返ることなく、雑踏の中に逃げた。

*

とあるマンションの一室、生活感を最低限までそぎ落とし、他人に冷たい印象を与えるであろう殺風景な部屋だ。中央にはインテリアとして置かれた水槽がある。エアポンプが気泡と水音をあげているが、そこに魚の姿はなかった。代わりに水底にはいくつもの置き時計が沈んでいるだけだ。

薄暗い部屋をぼんやりと照らす光。そこにはモニターに向かう勝の姿があった。彼の脇には、何本ものエナジードリンクの空き缶が、整然と並べられている。

時計の針はとっくに十二時を越えた。

小夜更けて、街は眠りについたようにひっそりとしていた。

あれからどうやってマンションに帰ってきたのか、どのぐらい時間が経ったのか覚えていない。逃げ出したのはいいけれど、すぐに帰る気にもならなくて遠回り。気がついたら日が暮れていて、初更の月が見下ろしていた。

ただただ、心の安らぎを求めていたが、効果は薄いようだった。

無意識にもれたため息は、室内に溶けるように消えていく。

今までどうやって話を書いていたのか、言葉を紡いでいたのか、わからなくなっていた。これまで積み重ねてきた経験や、時間を掬い上げようとしても、指の隙間から流砂のようにこぼれてゆく。

途方に暮れた。

真っ白な原稿を前に、行き場を見失った迷い人になっていた。

自分の筆力に落胆していると、勝の脳裏に鴨谷の言葉がよぎる。

『どこでこんなに差が出たのかね』

鴨谷からすれば、何気ない一言かもしれない。

「僕が一番知りたいよ」

紛れもない自分の本心だった。

何かに誘惑されるように、インターネットブラウザのアイコンをクリックした。

北風裕也。

検索エンジンに入力すると、『イケメン』『新刊』『彼女』『グラビア』『文化人』『抱かれたい男』などなど関連キーワードが次々と出てくる。

彼は世間を騒がす大ベストセラー作家だ。

異性はもちろん、男性の目も引く甘いマスク。

トークショーでは会場を沸かせ、人を引き込む卓越した話術。

彼の秀でたところはそれだけではない。

鋭い着眼点で物事にメスを入れ、幅広い読者層の心を摑む作品群。

人を夢中にさせる魅力を持った作家だった。

サイン会は必ずと言っていいほど長蛇の列になるし、出版した作品はメディアミックスが次々と決まる。最近ではテレビのコメンテーターとして見ることもある。テレビドラマや映画などあらゆるメディアに引っ張りだこらしい。

何よりも実績に驕ることなく、向上心を忘れない。そのストイックな姿勢が、また彼の人気の一つだろう。気配りもできるし、何より良いやつだ。

勝の知る北風裕也。良いところを挙げればキリがない。

同期デビューということもあって、最初はよく一緒に食事に行った。

互いに作品に対する熱を語り明かした。

それが今はどうだ。天と地ほどの開きができてしまった。

勝が地面を這いつくばっている間、彼は栄光への架け橋を登っていた。

北風が忙しくなるにつれて、勝も距離を取った。そこから二人は疎遠になっていった。

お腹がきゅっと苦しくなる。

同期デビューってだけで自分と比較するなんて、北風先生に対して失礼だ。僕なんて釣り合わないし、彼の人間性に遠く及ばない。

彼は僕とは違う――そう思い込むことで胸の奥を焦がし、燻る嫉妬心を押さえつけた。次に検索エンジンにキーワードを入力する。


『佐久本勝』


辛うじて出てきたキーワードも少ないもので、目立つのが『没落したわけ』のフレーズである。没落するほど売れていたわけでもなければ、貴族になったつもりもないんだけれど……。

既に閲覧済みのブログ記事。

自分自身も覚えていないことがつらつらと書いてあった。

作品の略歴から、徐々に落ち込んでいく出版部数。

作風の変貌と、著作についての批評。

そして、没落した理由――

思った以上に時間を取られたことに焦りを覚え、勝は再び原稿へ向き合った。
呼吸を整えて集中しようとすると、時計の針が響く。
うるさい。

チッチッチッチッ――

静寂に響く針の音。それは鼓膜から体内へ、そして体中を駆け巡る。
まるで呪詛のようだった。
早くしろ、早くしろ。急かされているような気持ちに苛まれる。
うるさい。

チッチッチッチッ――

勝は立ち上がり、時計を手に取ると水槽へと沈める。
ただの気休めにしかならず、水底にまた一つ時計が増えただけだった。

＊

翌朝、勝は全身に痛みを覚えて目覚めた。パソコンを抱えたままトイレで寝落ちしていたらしい。原稿の大半は白に覆われている。昨日はどうしても集中できなかった。この部屋は固く冷たい。どうせ寝るなら、何にも考えず畳の上でゴロゴロしたいと思った。

　窓から差し込む陽気、空はカラッと晴れているようだったが、勝の気分は対照的で厚い雲で覆われたように灰色だった。

　マンションを出てからも、気分は変わらなかった。

　忙しなく人が交差する中、勝の足取りは重かった。

　自分だけ世界から取り残されているような錯覚、時間の流れがおかしい。

　横断歩道の信号がチカチカと点滅し、人は皆、何かに向かって歩みを進める。

　でも、どこに向かえば良いのかわからない。この街で僕はひとりぼっちだ。

＊

人は惰性と習慣で動く。

どこかのビジネス書の帯で見た言葉だったが、その通りだと思った。

勝の姿はネットカフェにあった。

いつもの店舗の、いつものフラット席。

何度も通っていると、店舗の混雑具合が何となくわかるようになってくる。一番空いている時間帯を狙っていた勝は、常連客として認識されたらしい。受付で「いつもの席とお時間でいいですか？」と、聞かれた瞬間、次から店舗を変えようと決意した。割とお気に入りの店だっただけに、少しばかり残念だ。

持ち込んだエナジードリンクを飲み干し、モニターに向かう。

匿名掲示板。

『佐久本先生が連載している作品サイコー』

『ついに佐久本がデビュー当時のひらめきに戻った！』

『本年度書店大賞ノミネートか!?』

同一人物の書き込みにならないよう、口調を変えたり、別人物を装って書き込みを続ける。ちょっと盛りすぎた気もするが……こんなところだろう。

「これでよし」

何の生産性もない、自己満足にすぎない行動だけど、ほんの少しでも承認欲求を満たせれば、救われた気分になる。

ステマ投稿みたいに、原稿もサクサク書くことが出来れば、苦労することもないのにな。

小さく嘆息をもらすと、さっそく掲示板に動きがあった。

気持ちがはやり、更新のボタンを押す。

『佐久本の新作、単なる駄文だと思うけど』

最初に飛び込んできた言葉にいきなり息が詰まった。

自信がある――とは言い難いが、それなりの時間をかけて作り上げた作品が、駄文の一言で切り捨てられた。

『なにこれ？　本人？　草生えるんだけど』

『本人痛すぎ』

胃が軋みをあげる。

『佐久本勝は一発屋』

『新作つまらなすぎて衝撃』

頭が沸騰しそうになった。

その一発を当てる苦労を知らないくせに！

どれだけその作品に僕が必死になったか知らないくせに！

『まだ書いてるの？　ある意味才能』

腹が煮えくりかえりそうだ。

燃料が投下された掲示板では着々とレスが増えていく。

スクロールをすると、

『そもそも佐久本勝って誰？』

この一文で……もう全身から力が抜けた。

これ以上、画面を見る気にはなれなかった。

なんだか虚しくて、全身が重い。

頭に鉛でも入っているかのように、思考は鈍重になっていく。

考えるのも、動くのも、何もかも嫌になる。

このままどこかに逃げ出したい！

「………!?」

　途方に暮れていると、勝は背中に視線を感じた。

　振り向くと扉の下から室内を覗き込む十和田の姿が――

「うぉっ!?」

「何してるんですか？　ここで」

　ステマ投稿していました――なんて言えるわけもなく、慌てて掲示板の画像を消す。

「っていうか、どうしてここが？」

「先生の行動パターン、読めてますから」

　十和田は「失礼します」と言うと、拒否するいとまも与えず、しれっとブース内に潜り込んできた。彼女はそのまま勝の隣に座った。

　瞬間、柑橘系の甘酸っぱい匂いが、仄かに香る。

　心臓が早鐘を打った。

　ステマ投稿を見られていないだろうか――何より距離が……距離が近い！

　緊張する勝をよそに、十和田はまったく気にする素振りも見せない。

　一時の沈黙を破って、

「私、ゾンビには反対です」

十和田は真剣な面持ちのまま続けた。

「でも、今の先生には何かきっかけが必要なのも事実です」

「……どういう、意味？」

女性の接近に狼狽えた自分を恥じつつ、勝は言葉の真意をたずねた。

「主人公の直樹は平凡な大学生。キャンパスで出会った静香に恋をして生まれて初めて告るも玉砕。傷心の日々を過ごす。今ココですよね」

「……はい」

「で、この後、幼馴染みの加奈子と偶然再会してちっぽけな幸せを摑む。そういう構想でしたよね？」

彼女の言う通りだ。

「面白いですか、それ」

ジャックナイフが、勝の心に突き立てられる。

それは見事に、的確に急所を突き、鮮やかに抉った。

この前の鴨谷の言葉よりも遠慮がない。

傷心気味のメンタルで受けとめられるほど、勝の心は強くない。

知ってか知らずか、十和田は質問の形で追い打ちをかけてきた。

「そんなチンケで地味な話、わざわざ消費したいですか」

「そこまで言い切られると、なんだか自信がなくなるけど」

勝は視線を宙に泳がせた。

ただでさえ心もとない自信が、根元からへし折られてゆく。

「だから、何かきっかけがいるんです」

十和田は力強く言った。

「上手(うま)く言えないんですけど、先生が作家として復活する姿と、主人公がゾンビになって復活する話が、なんかこう、シンクロするような気がするんですよ、私」

確信めいた物言いだが、遠回しに既に作家として死んでいると言われているような……。

勝は曖昧(あいまい)な返事でお茶を濁すことしか出来なかった。

＊

どうすればいいのだろうか？

十和田と別れた勝は、繁華街をぶらついていた。

彷徨うことかれこれ数時間。十和田から投げられた課題の答えは見えてこない。

「私は、ゾンビは反対……ゾンビの線で行きましょう」

じゃあどうすりゃいいんだよ‼

答えも見えない、出口がわからない、泣き言しか出てこない。

時間を浪費すること既に二日。週半ばを過ぎても、原稿はまったく進んでいなかった。それなのに締め切りは週明けの月曜日、もうほとんど猶予がない。焦りだけが募った。

考えをリセットしようともがいているが、上手くいかない。

繁華街は賑わしくなり、人通りが増えてきた。次第に居酒屋の呼び込みの声が道路にあふれ、家路を急ぐサラリーマンや、横に広がり道をふさぐ高校生グループの喧噪が大きくなる。誰かとすれ違う度に、道の端へ追い詰められていく。そこに勝の居場所はなかった。

追い出されるようにして、勝は繁華街から一本はずれた通りをトボトボと歩いていた。

足取りが怪しいサラリーマングループと衝突しそうになって、路面に足を取られた。

「っ!?」

もたれかかった電柱の鏡に自分の顔が、映った。ば、化け物!?

自分の顔を何度も触って確かめるが——何の異変もない。

改めて鏡を覗き込むと、そこには驚愕に目を見開いた自分の顔があるだけだ。

疲れているな——ため息をもらす。

と、勝は視線の先にあるものを見つけた。

占い師の屋台だ。

そこに座る老婆がジッと見ている。

老婆と視線が合った勝は、フラフラと引き寄せられていく。

「……いろんなことがわからなくなってしまいまして」

この際、話を聞いてくれるなら誰でもよかった。

勝は藁にも縋る思いで声をかけた。

「なんかこう、引っ越しかなんかして、気持ちをリセットしてみたいんですけど」

老婆の前の椅子に腰掛け、

「どの方角がいいとか、わかりますか？」

占い師は黙したまま、返答がない。

やっぱりダメか、と勝が諦めたその時だった。

「……たこ」

「えっ？」

占い師が口を開いた。

「……たこ」

「たこ？」

「たこ」

方角じゃなく、占い師が口にしたのは「たこ」という言葉だけ。

老婆の目は力強く、深く頷いた。

なんだろう、その言葉に何か強い啓示のようなものを感じる……。

占い師は、それ以上何も語らなくなった。

「あ、ありがとうございました」

勝はお金を机に置くと立ち上がった。

たこ、たこか……。

無意識の内につぶやきつつ、勝はその場を後にした。

＊

勝と入れ違いで肉付きのいい男がやってきた。

そして老婆を見るなり、

「おばあちゃーん、ダメだってそこ座っちゃ。僕の仕事場なんだから」

男性は手に提げたコンビニ袋に手を入れ、老婆へとたこ焼きを差し出す。

「ほら、たこ焼き買ってきたから」

老婆は顔をくしゃっと綻(ほころ)ばせ、嬉しそうに笑みを浮かべた。

「たこ」

勝はその真実を知るよしもなかった。

＊

「お疲れさまです」

社内に残るスタッフと挨拶を交わし、ミチルは自分のデスクに戻ってきた。既に定時は過ぎていて、スタッフの姿は疎(まば)らだった。ミチルの斜向かいに座る鴨谷は、カップラーメンをすすりながら、原稿を読んでいるようだった。

「どこに行ってた」

戻ってくるのが遅い、どこでサボっていたんだ、とでも言いたいのだろう。

ミチルは逡巡し、

「ちょっと佐久本先生と」

鴨谷は眉根を寄せると大きく舌打ちをした。

ミチルは内心、舌打ちしたいのはこっちだと毒づく。

「不安がってると思うんですよ。急にゾンビとか言われて」

佐久本の担当だから擁護(ようご)しているわけではない。これは一人の編集者としての意見だった。

鴨谷の方が編集歴も長いし、直属の上司だから強くは言えないが、打ち合わせの件にしても、作品の方向性を勝手に決定したり、鴨谷はどこか佐久本を蔑(ないがし)ろにしている節がある。

人間関係が大事な仕事なのに、これでは不信感や不満を感じさせるだけだ。

「あれは飛ぶな」

ミチルの進言には聞く耳すら持たず、容器の底に残る麺を掬い上げてつぶやく。

「ほっといてやったら？」

面倒臭がっていることを隠そうともしない。

「そんな無責任なことできません」

ミチルの主張に鴨谷は沈黙で応え、話はそこで途切れた。

＊

マンションに戻って部屋の隅っこ、ロフトへと繋がる階段の下に潜り込んだ。

エナジードリンクが、また空になった。

何本目になったのか、もはや数えていない。

「たこ、たこ、たこ」

キーワードが浮かんでは消える。

蛸？　水揚げ量が多い港町になると……嘘、北海道!?

じゃ、次はタコライス。えっと、沖縄なら海もきれいだしいいかもしれない。関連してタコス？　まさかのメキシコ、海外進出……これはさすがに論外だ。食べ物に関連し、料理レシピも探す。タコは食材として栄養素が高くて低カロリーなんだとか……と新たな発見をしつつ、勝はネットサーフィンを続けた。

占い師の言葉からはじまった連想ゲーム。時間だけはあっという間に食いつぶされていく。占い師の助言を頼りに、勝はひたすら検索を繰り返した。

たこ、たこ、たこ、たこ、と。

原稿を書かないですむ理由を探していた。

ダメだとわかっていても、「たこ」を調べるその手を止めることができない。何か変化が必要なのだ。鴨谷も十和田も同じように変化を求めている。なら、手っ取り早く環境を変えたほうがいい。

きっとそうに違いない。

都会の喧噪から、他人の目から、この苦しい現状から逃げ出したい。

佐久本勝が生まれ変わるには、この悪循環のサイクルから逃れることにある。

「たこ、棲み(す)か。たこ、家……たこ、物件？」

検索を続けていた指がピタッと止まった。

「……これだ」

勝は運命めいたものを感じ、エンターキーを押した。

＊

どこまでも続く田園風景。何枚も連なる田んぼでは、収穫へ向けて稲穂が頭を垂れはじめていた。颯爽と風が走り抜けると、緩やかな曲線を描く稲田の絨毯（じゅうたん）が波を打つ。自然の息遣いを目の当たりにし、勝はバスから見える風景に、ほんの少しだけ高揚感を覚えていた。

バスに揺られること一時間と少し。車輪の真上の席に座ったためか、何度か揺れに身体を突き上げられ、勝は尻の痛みに顔をしかめた。目的地に到着する頃には、身体中がバキバキになっていた。

千葉県多古（たこ）町。

勝が行き着いた新天地。

バス停から降り立った勝は、う～んと体を伸ばして深呼吸する。

空気が美味しい！　……そんな気がする。

コンクリートのビルに囲まれ、時間に追われる都会生活よりも、時間の流れがゆっくり感じられる場所へ行きたい……気持ちをリセットしたいと考えていた勝の要望を見事に叶える町……なのかもしれない。

何かが変わる、そんな期待に胸を躍らせた。

＊

多古町は大きくもなく……かといって小さすぎるわけでもない。

ゆっくりするにはもってこいの町、町をひと回りして抱いた率直な感想だった。ところどころ、舗装が剝げている歩道は、車道との境目がわかりづらい。ちょっと危ない……が、通り過ぎる車はそんなに多くなかった。

八百屋、肉屋、パン屋、酒屋、本屋、郵便局に小さな薬局に、病院がちらほらと。コンビニはないものの、日常生活に必要なものはここですませることができそうだ。

昔ながらのこぢんまりした商店街を抜け、アプリで位置を確認し、道に迷うこと十分。

雑木林を迂回(うかい)して緩やかなカーブを曲がると視界が開ける。すると、眼前に広がったのは耕作地。その奥に瓦屋根の一軒家が見えてきた。

周りを生け垣で囲い、人里から隠れるように、古民家がひっそりと佇んでいた。遠くから見ても立派だった瓦屋根、間近で見ると田舎の実家を彷彿(ほうふつ)とさせた。

「今日からここが……」

すると、どこからか野太いうなり声が聞こえてきた。

何事かと、勝は生け垣の脇から覗き込んだ。そこには事務服を着た四十代ぐらいの女性が居て、ちょうど「入居者募集中」の看板を抜き取ろうとしている最中だった。

「あっ、佐久本さん？」

「猿渡(さるわたり)、さん？」

「あぁ～お待ちしておりました。この度はご成約ありがとうございます」

作業を途中で放り出し、先ほどのうなり声とはまるで違う、愛嬌たっぷりの猫なで声で駆け寄ってきた。猿渡さんは地元の不動産会社の営業担当だ。今回、急な引っ越しにもかかわらず、段取りよく手続きが踏めたのも、彼女のおかげだろう。勝の手をがっしり握り、営業スマイルを浮かべた。

「早速ですが……」

玄関先に停めた自転車の籠を漁り、大きめな封筒を手渡してきた。

「こちらが賃貸書類一式と鍵になります」

勝を見る猿渡の様子はどこか落ち着きがなかった。

「でも、小説家の先生も大変ですね」

「……ど、どうして、それを……」

一瞬、勝の思考が止まった。

自分のことは誰も知らない。そういう土地にきたつもりだったが、なんで⁉

もしかして猿渡さんは自分のファンだったり……。

「だって、申込書に職業・小説家って……」

ガクッと勝は肩を落とした。

「あっ、そうか、そうでした」

浮ついた自分が恥ずかしい。勝の頬は熱を帯びて朱に染まった。

「こういうところでカンヅメになって、書いちゃったりするんでしょ？」

「はぁ、まぁ……」

「ずいぶん若くして賞をお取りになったとか！」

猿渡は若干興奮気味だ。

目をきらきらさせているのも、単純に小説家という職業が物珍しいからだろう。

「検索したら一番に出てきましたもん。すごいですよね」

どうやら勝のことを下調べしたらしい。しかし、勝にとって徐々に熱を帯びる猿渡の視線は思ったより辛く感じられる。

「できれば、あまり人には……」

できるだけそっとしておいて欲しい。

他人の視線が嫌で、時間に急かされる都会生活が嫌で逃げ出してきたのだ。

一瞬、ぬか喜びしたものの、やはり好奇の対象にはなりたくなかった。

「もちろんですよ。職業柄個人情報の取り扱いに関しては、人一倍気を使ってますから」

勝がやんわりと意向を伝えると、猿渡は満面の笑みで答えた。

これだけ言っておけばさすがに安心だろう。ホッとした矢先、猿渡は自転車に駆け寄った。

籠から取り出したのは自撮り棒だった。

「今日から有名人の家だ」

古民家を背景に写真を一枚。パチリ。

呆気にとられて、目をぱちくりとさせてしまった。

「……記念に」と猿渡はすごく嬉しそうに笑っていた。

「それと看板も抜いちゃいますから」

呆然と立ち尽くすしかなかった。

再び野太い声を上げて看板を抜き取った猿渡は、

「な、中をご案内しますから、あがってください」

いつまでも立ち話もなんですし……猿渡は「ささっ」と促したが、勝の脳内では猛烈な不安が渦巻いていた。

その時、勝は何かの視線を感じた。

「？」

周囲を見渡すが、それらしき人影はない。

「佐久本さん？　どうかしました？」

「あっ、いえ……何でもありません」

気のせいだろうか？　勝はかぶりを振った。

猿渡の件もあって、少し神経が過敏になっているのだろう。そう結論づけた勝は、いよいよ新居へ足を踏み入れた。木の柔らかい香りが勝を出迎えた。

そんな彼らの様子を、瓦屋根の上から窺う一対の瞳があった。

＊

ざっと物件の説明を受け、契約内容の確認を終えた。

納屋に入っている物は、入り用になったら使ってもいいらしい。

「それでは何かお困りになったら、いつでもご連絡ください」

「ありがとうございました」

猿渡を見送り、勝はようやく一人になることができた。

畳の感触を味わいながら、勝は室内を見回した。

しっかりと管理されていたらしく、部屋の中は汚れもほこりも少ない。ところどころ傷んでいる柱もあるが、それはそれでいい趣となっている。歴史を感じさせる古民家。うん、いい感じに味が出ている。庭先も広々としていて、一人で使うにはもったいないぐらいだ。

開け放たれた縁側から、セミの鳴き声が聞こえてくる。

風が吹くと、土や草の匂いがほんのりと香ってくる気がした。

自然との距離感を、これまでよりも近く感じることができる。

この解放感は都会じゃなかなか味わえないし、一軒家を借りても家賃の負担は都会のマンションとさほど変わらないというのも驚きだ。

ここでなら書けそうな気がする——勝が意志を新たにしたところで……。

ブーブーブーブー

勝の身体はものの見事に硬直した。

スマートフォンが震え、画面には十和田ミチルの文字。

やっぱりかかってきた。

勝はそっと端末を畳の上に置いた。

電源を切ればいいのに……どこかの誰かと繋がれる電子機器を手放せないのは、

我ながら未練がましいと思った。

罪悪感が半端じゃなかった。

引っ越すにあたって、住んでいたマンションは既に明け渡したし、その他諸々の手続きも済ませている。だが、今回の引っ越しは誰にも告げていなかった。もちろん出版社にも、担当編集の十和田にも……夜逃げ当然で逃げ出したのだ。

スマホは執拗に鳴り続けたが、諦めたのかやがて止まった。

勝は、何も収納されていない空っぽの押し入れを開いて端末を封印した。

外の世界を断絶するために……。

しばらく、一人にして欲しかった。

息つく暇もなく、着信を告げるバイブ音。

勝は逃げ出すように、居間を後にした。

＊

勝が家を空けると、そこに一匹の客がやってきた。

三毛猫だ。

庭先からひょっこりと居間に上がってきた三毛猫は、押し入れから聞こえてくる物音に興味を示したようだ。前足で引き戸をひっかきはじめるが、扉はビクともしない。程なくして音が止むと、三毛猫は不思議そうに首を傾げて、何事もなかったかのようにその場を去って行った。

＊

河川の脇、舗装された土手を車輪が音を立てて回る。

僕は自由だ！　勝は解放感に包まれていた。

納屋にあった自転車を引っ張りだし、田んぼ道を抜けて河川敷を走る。

自転車に乗るのは久しぶりで、家から出る際にはハンドルがふらついて生け垣に突っ込んでしまった。

しかし、子どもの頃の感覚を取り戻すのに、さほどの時間は要らなかった。

今は風を楽しみながらすいすいと進み、運動不足で鈍った体が程よくほぐれてくる。健康的な汗をかくのは予想以上に気持ちがよかった。

ペダルを漕ぎながら、風景が流れていくのを五感で感じ取る。

視線の先には、ずっと伸びる河川敷。

いったいどこまで伸びているのだろうか。

この道の先に、いったい何があるのだろうか。

自分はいったいどこに行きたいのだろうか。

一転して不安に駆られ、勝は自転車を停めた。

雲の隙間から差し込んできた夕日に、思わず目を細める。

「あ……」

声にならない感情があふれた。

夕焼けなんかに気を留めたのは、いったいいつ以来だろう。

心に清涼感のある風が吹き抜ける。

長く続いた都会生活で、勝は他のことに意識を向ける回数が減っていたと気付かされた。見るもの全てがすす汚れた心を洗い流してくれる。そんな気がした。

ゆっくりと夕焼けが沈み、佇む勝の影が長くなった。

夜になり、周囲はひっそりと静まり返った。

畳の上で大の字になりながら、勝は天井の模様を呆然と眺めていた。

ゆっくり流れる時間に身を置きながら、頭の中を巡るのは小説のことばかり。

環境は変えた。

行動に移した。

後は結果を出すだけだ――

*

そうして原稿に向き合った勝だったが……気がつけば、日付けも変わりすっかり太陽が昇っていた。

マンションの時と同じ、勝は部屋の隅っこで寝落ちしていた。

スマートフォンのバイブ音が目覚まし代わりになって目が覚めたらしい。抱えたパソコンの画面は昨日と同じで空白のままだった。

それがここ数日、続いていた。

東京に居た頃と何一つ変わっていない。

情けない。
環境を変えても、何も変わっていない。
変われない。
喧噪から離れれば、他人の視線から離れれば、きっと書けるだろう。
そんな考えは甘えにすぎなかったのだ。
縁側から庭を一望し、勝はため息をついた。
小説家、向いてないのかな……。
辞めた方がいいんじゃないのかな……。
結果を出せない自分が情けなくて、マイナスな感情ばかり湧いてくる。
世間からも必要とされてない、自己否定の悪循環だ。
何のために小説家なんてやってるんだろう。
そもそもどうして小説家になりたかったんだろう。
「………!?」
ふと視線を落とすと、そこに一匹の三毛猫がいた。
庭の真ん中で横になりながら、ジッとこちらに視線を向けていた。
『なんだ、お前。どこから来た』

しっぽの先をしならせ、ペシペシと地面を叩く三毛猫の姿を見るとそう言っている気がした。

ネガティブ思考をこじらせる勝は、口を尖らせて言った。

「……なんだよ」

ふてぶてしくも庭先でのんびりする猫に対して、

「ここ、僕んちなんだけど」

そう言うと、三毛猫は面倒臭そうに立ち上がった。ふいっと視線をそらして、庭先から姿を消した。不満そうにも見えたが、なんだったんだ……あの猫は……。

一人、取り残されてなんだか虚しくなった。

「はぁ……」

とはいえ、猫に当たっても仕方ない。

とりあえず、もう一度、原稿に向かおう。

やれるだけのことはやろう。

＊

「きゃぁぁぁぁぁっ!!」

女性の甲高い叫び声が、古民家から響き渡る。

バックコーラスにセミの鳴き声、なんともシュールな光景だった。

畳には飲みかけのエナジードリンクと無造作に積み重なったＤＶＤの空箱。白黒時代の古典と呼ばれる映画から、最新ＣＧを駆使した映画まで、参考資料として準備した映像は百を優に超えていた。

「はぁ」

勝の口からはため息がもれる。開いた口がふさがらず、からからになってきた。ドリンクを呷った。

これをどうやって作品に活かせるだろうか？

活路をまったく見いだせずにいた。

だいたい、恋愛小説の主人公が突然ゾンビになる作品なんて聞いたことないし、バイオテロでも起きない限り、生き返るのも筋が通らない。やはり鴨谷の要望は無茶苦茶だ。あらぬ方向へ転がり始める僕の作品自体がゾンビ化している。ほんと、開いた口がふさがらない。

その間も、映画の登場人物達は襲い来るゾンビから逃げることに必死だ。

主演女優は追っ手を振り切り、部屋に隠れて息を押し殺している。見つかったら最後。B級ホラー映画とはいえ演技はたいしたものだった。

ぎしっ、ぎしっ、ぎしっ。

近づいてきた足音が止まる。彼女の緊張のピークに達する。そして音が止んだ。

勝も思わず、息を呑んだ。

瞬間、扉をぶち破り、ゾンビが画面に迫ってきた！

女性の絶叫が響き渡った。

と、背後から感じる視線に振り向き、思わず勝は悲鳴を上げた。

「おわっ!?」

玄関先で頬杖をついてしゃがみ込み、こちらをジトッと睨みつけている十和田の姿が……。

「……何やってるんですか？　ここで」

それはこっちの台詞だよ。

＊

「どうして……ここが？」

居間に上がり、飲み物をグラスに注ぐ十和田の隣で、勝は悪戯がバレた子どものように、小さくなりながらたずねた。

「言いましたよね。先生の行動パターン、読めてるって」

「いやいやいや、どう考えてもここはわからないでしょ？」

十和田は自慢げに言うが、勝としては納得できない。

どれだけ行動パターンを読んでいたとしても、ピンポイントで居場所まで突き止められたら、いろいろと疑わずには居られない。外との繋がりを完全に絶っていたはずなのに。不思議でならなかった。

「あのですね、今時、ＳＮＳで誰がどこにいるかなんてすぐわかっちゃうんです」

そう言った十和田のスマホには、一枚の写真。そこには不動産屋の猿渡が家屋と映っていた。

しかも投稿するときに、ご丁寧に見出しまで作ってくれたようだ。

『あの没落作家、佐久本勝の隠れ家発見！』

個人情報の取り扱いとはいったい何だったのか。

情報ダダ漏れじゃないか！　膝の上で拳を固め、ズボンの裾に皺をつくった。

「脇が甘いですよ」

十和田は勝ち誇った顔で、スマホを畳の上に放り投げた。

微妙な沈黙が流れ、十和田はパンと膝を叩く。

「二週間分、穴が開きました」

「……すいません」

夜逃げ当然で引っ越したのだ。

こうなるのもわかっていた。

十和田は怒るわけでもなく、責めるわけでもなく、事実だけを告げる。

むしろそれが怖い。

ビクビクと怯える勝をよそに、十和田は室内を見回した。

「一応、続けるつもりなんですよね」

十和田は雑然と転がるＤＶＤのケースと、勝の顔を交互に見ながら言った。

「まぁ、こういうのもいいきっかけになるかもしれません。始めましょっか」

口ごもった勝に対し、十和田は笑顔を浮かべる。

「ねっ？」

すごい強制力を持った一言だった。

これは逆らえない。

「はい」

勝は言われるがまま頷いたのだった。

＊

熱気が風に運ばれて、部屋へとじんわりと流れ込んでくる。

あれだけ騒がしかったセミの鳴き声が、いつの間にか落ち着いてきた。

働き者の太陽のせいで、彼らも休憩中なのだろう。

夏の風物詩をＢＧＭに、ＤＶＤを止めてから原稿に向き合うこと数時間。集中がついに切れた。

展開が無理矢理すぎて、どうにも筆が乗らない。

ストーリー展開に論理性はなく、物語がどんどん形を変えて歪(ゆが)んでいく。

ダメだ！　一旦、休憩！

モニターから目をそらして、大きく息をついた。

そして視界の端で、勝は十和田を盗み見た。

彼女は待っている間、何をしているんだろう。

縁側に座る十和田を見ながら、その挙動に疑問を抱く。

後ろから見ると、ずっと手を振っているようにも見える。

そこに誰かいるのだろうか？

時折、身を乗り出しては「あっ」とか残念そうな声をもらす十和田に近づいた。

「あっ、終わりましたかぁ？」

物音を察したのか、十和田は視線を縁側に向けたままに言う。

「……いや、何やってるのかなって」

十和田が持っているのは手鏡のようだ。それを小刻みに揺らしているらしい。

「いや、ここいっぱい来るんですね、猫」

ね、猫？

勝が庭先に目を向けると、驚いて目を見開いた。

「なんか、あの……キラキラするものが好きみたいで」

いつの間にか、二匹の猫が集まっていたのだ。

十和田が光をちらつかせ、それを獲物か何かと勘違いしているらしい。サバ柄の子猫が元気いっぱいに飛び回って光を追い、黒と白のハチワレ猫はその様子をまったりと眺めていた。

その姿を、勝には毛鞠がぴょんぴょんと跳ねているようだと感じた。

だが、猫も十和田も楽しそうに遊んでいるわけで、勝としてはなんだか少し気分が悪い。

「居つかれるから、やめてもらえますか？」

「ええ？　いいじゃないですか」

光にじゃれつく猫に微笑みながら、彼女は反論する。

「原稿終わって私が帰ったら、またひとりぼっちですよ？」

「ひとりぼっちになりたくて、ここに来たんです」

ムキになって言い返したが、十和田は耳を傾けるつもりはなさそうだ。

「先生もこの子たちみたいに、自由に書いてください」

皮肉めいた言いぐさに、思わず眉をしかめる。

他人事のように言って……。できることならとっくにやってるわ！

と、十和田に文句を言いたい気持ちを無理矢理抑え、四つん這いのまま睨みつけるように後ずさる。

パソコンを膝上に置き、再び原稿を書き始めた勝は、横目で十和田を盗み見る。

「君たちもキーボードが使えたら、先生のお手伝いできるのにね～」

その時、勝はちょっとだけ見惚れていた。

猫と戯れ、打ち合わせでは見せたことのない笑顔を浮かべる十和田に、不覚にも目を奪われてしまった。

ハッと我に返った勝は首を振る。

ぶんぶんぶんぶん。

いやいやいやいや。

ないないないない。

心を乱された勝はエナジードリンクを豪快に呷って、作業に戻ろうとするが――中身は空っぽだった。「あぁ、もう」と動揺した勝は大股で台所へ向かった。

古民家の床がみしっと抗議するように音を立てた。

*

どっぷりと日が暮れ、鈴虫の鳴き声が聞こえてくる。夜になると、この辺は真っ暗になる。街灯もなく、頼りになるのは民家からこぼれる僅かな灯りだけ。暗闇に何かが潜んでいるようで、風が吹くと森がざわついているようだった。

室内灯に導かれて、羽虫が迷い込んでいた。

「……と、とりあえずゾンビ出してみましたけど」

やれるだけのことはやった。

できる限りの努力はした。

カラッカラになるまで絞り出した脳に栄養補給する。

エナジードリンクを片手に、十和田の周囲をうろついていた。

だが、十和田からの返事はなかった。

沈黙のまま、十和田は紙面に目を走らせる。集中する彼女を邪魔しては悪いと思いつつ、勝は何か話していないと落ち着かない。どちらかというと不安の重圧に押しつぶされそうだった。

勝の言葉に、十和田は反応を示さず、出来上がった原稿をトントンと膝上で束ねると、

「……ありがとうございました。また、来週もよろしくお願いします」

と、極めて形式的に感謝の言葉を告げた。心ある労いの言葉をかけるわけでも

なく、身支度を始めた十和田に、勝は苛立った。思わず、

「どうだったんですか?」

と、たずねずにはいられなかった。

「えっ?」

「それ、どうだったんですか」

突然詰め寄られて驚いた十和田だったが、勝の表情を見るなり息を呑んだ。

「感想ぐらい……聞かせてくださいよ」

ずっと押さえ込んでいた不満が口からこぼれ落ちる。

「それは……」

十和田は言葉尻を濁した。

長い沈黙だった。

シンと静まった室内に、虫の鳴き声がやけに耳につく。

バッグを背負おうとする十和田は視線を大きくそらして、

「イマイチでした」

率直な感想だった。

勝はカッと頭が熱くなるのを感じた。

「だったら何で持って帰るんですか!?」

十和田は困ったようにつぶやく。

「いや、もう……時間がありませんから」

「……はっ？」

質問の答えになってない。

僕が聞きたかったのは、そういうことじゃない！

「何ですか、それ」

「はい？」

沸々と怒りがこみ上げてくる。

思わず語気を荒らげた。声が微かに震えた。

「おかしいでしょ。なんでイマイチってわかっているものを、世の中に晒さなきゃいけないんですか？」

「それが私の仕事ですから」

仕事、仕事。

ふっと笑いがこみ上げる。

「いい仕事ですね、自分は安全な場所にいて」

「どういう意味ですか？」

「だってそうでしょ。それが発売されても、叩かれるのはアンタじゃない、僕でしょ」

これまでの鬱憤をはき出すように、ついつい声音も攻撃的になる。

「仕事だっていうなら、叩かれない方法教えてくださいよ。編集ってそういう仕事でしょ」

語気が荒々しくなるのを、自分でも抑えられない。

「言われた通り、ゾンビも出しましたよ。あと何出せば売れますか？　幽霊ですか？　はっ、セクシー姉ちゃんですか？　もう何でも出しますから、言ってくださいよ」

ばからしい。自分の言葉に鼻で笑おうとするが、一度火がついた怒りの感情はマグマのようにあふれ出す。熱を持ち、グラグラと勝の心を蹂躙する。

「それでは先生の作品じゃなくなります」

その一言で、勝の中で何かが弾けた。

「もうとっくに僕の作品なんかじゃない!!」

自分でもびっくりするような声が出た。

勝の怒鳴り声に、十和田は驚いたのか口をつぐんだ。

何を言うかと思ったら！

あれこれ人の提案を無視して、挙げ句にゾンビを出せと言っておきながら——それでは先生の作品じゃなくなります、だと——もう無理、我慢の限界だった。

「っ……ふぅ……」

これまでだってそうだ。

あの時の打ち合わせも、その前の企画書の時も、悩んで相談しても本当に真剣に向き合ってくれたのか？　鴨谷の態度で芽生えた猜疑(さいぎ)心、不安は勝の中で日ごとに大きくなっていた。ほんとはずっと気付かないふりをしていた。

もう出版社から『佐久本勝』は必要とされていないんじゃないか——と。

言い出せなかった。

聞くのが怖かった。

どれだけ頑張っても、認めてもらえない。

何度もよぎる世間の声は、勝の全てを否定する。

展開がありきたり、インパクトがない、どこかで見たことがある。

そして極めつけには「一発屋」の烙印だ。

初めて見た時は、胸が苦しくて声を押し殺して泣いた。

惨めだった。

苦しかった。

悔しかった。

僕だって頑張っているのに、助けて欲しかった——喉元まで出かかった言葉を飲み込む。

呼吸が荒くなり、勝は目頭に熱いものがこみ上げてきたのを感じた。

今、十和田を直視することはできない。感情をさらけ出した弾みで、蓋をして押し殺していた不安や不満があふれ出してきて止まらないからだ。これ以上続けたら、亀裂の入った涙の防波堤は確実に決壊するだろう。

みっともなく泣きそうになった勝は、大きく息を吸って気持ちを整える。

かける言葉が見つからないのか、十和田の視線は宙をさまよった。

重苦しい沈黙だった。開け放たれた窓から、夜風に乗って鈴虫の鳴き声が聞こえてくるが、空気は陰鬱なままだ。

「ここ、ネット環境ないですよね」

彼女は部屋の四隅を一瞥（いちべつ）すると、仕切り直すように手を打ち鳴らした。

「また、一週間後に来ます」

*

「先生」

玄関先で靴を履きながら、十和田が勝を呼ぶ。

口を開けばまた何か酷（ひど）いことを言いそうで、勝は返事をする気になれなかった。

「私、迷ってます」

一時の間を置いて、十和田は弱々しくつぶやく。

「ガツンといくのか、ジクジクいくのか、ネチネチいくのか」

どれを選んでも、傷口を広げるビジョンしか見えてこないが……。

勝は答えた。

「どれも、嫌です」

「いや、私だって嫌なんです。でも、どうにかしたいんです」

見なくても、十和田の困った顔が目に浮かぶ。

うつむき、憂いを帯びた瞳はいったい何を見ているのだろうか。

「ほっといてもらえないんですか」

自暴自棄と言ってもいいだろう。勝は自虐的に笑った。

「さっき仕事だからって言いましたけど、上司にはほっておけと言われていま
す」

「だったら……」

もうほっといてくれ、そう続けようとしたところで、

「ほっとけないんです、私が」

思わず口をつぐんだ。

そんなことを言われるなんて思ってもみなかった。

「また来週来ます」

十和田は最後にそう言い残して扉を閉めた。

なんで今更そんなこと言うんだよ。

勝は下唇をかみしめた。

最後の最後に、そんな優しさ見せるなよ。

締め切りを破った段階で、もう見限られると思っていた。

それでも彼女は探し出してくれた。
たった一枚の写真を頼りに、こんな辺鄙(へんぴ)な場所まで……。
勝は虚しさと彼女の言葉に後悔を覚えた。
――ほんとはこんなことが言いたかったんじゃない。
――他にもっと話したかったことがあったのに。
十和田も勝と同じく迷い、悩んでいたのだ。
だが、そう気付かされた時には、遅かった。
取り残された勝は、しばらくその場から動くことができなかった。

二章　庭先キャットパラダイス

数日後、勝は商店街の本屋を訪れていた。

この日は掲載誌の発売日、少し田舎とはいえ自分の作品が載った雑誌が店頭に並ぶのは悪い気分ではなかった。事前に見本誌をもらってこそいるが、本当に自分の作品が掲載されているのかを店頭で確認しないと、どうにも不安で仕方なかった。

雑誌を手に取り、店内に入り会計をしようとした。

勝は特設ブースに釘付けになった。

書店に入った誰もが目にするであろう入口正面の特等席に、北風裕也の新作が堂々と置かれていた。

本の帯には映画化決定の文字がデカデカと書かれている。

この前、書店で見た時と帯が違う。きっと重版がかかって、新調したのだろう。

新刊、映画化となれば嫌でも読者の注目を浴びる。北風には固定ファンが多いし、それが呼び水となって、初めて手にする読者も増えて、もっと売れるだろう。もう更なる重版がかかっているかもしれない。

勝は胸中に渦巻く嫉妬心に、ため息をもらした。

＊

いつも読み始める前は緊張で胸がドキドキする。

自宅に戻った勝は、階段下の隅っこで掲載誌を手にしていた。

気を静めて、客観的に自分の作品を読むように心がける。

今回の掲載は……問題のゾンビになってしまう場面だ。

やれるだけのことはやったはず——弱気になりつつある自分に強く言い聞かせて、勝はページをめくった。

一ページ、一ページ、そしてまた一ページと。

ページをめくる音に合わせて、勝の顔色からは血色が失せていった。

なんだよ、これ……なんだよ、なんだこれ！

怖くなって、途中で読むのを断念してしまった。

本当に僕が書いたのか、本当に……僕が？

滅茶苦茶(めちゃくちゃ)だった。

イマイチなんてレベルじゃない。最悪だ！

作者がそう感じているのに、世の中の反応はどうなんだろうか？

触れてはいけない、見てはいけない。

わかっていた。


デモダメダッタ。


一度気になってしまった以上、周囲の声が聞きたくて仕方がなかった。

自分から進んで外界から離れようとしたのに、結局外に依存しているのは自分の弱さでしかない。

唯一、外界と繋がれるのは押し入れの中に入れっぱなしにしたスマホだけ。

生唾をのみ、吸い込まれるようにスマホを手に取って掲示板を覗いた。

嫌な予想は的中した。

掲示板では悪口、罵倒と失笑のオンパレード。

『ゾンビキターー』

『信じがたい』

『編集部に見捨てられたｗｗｗ』

『気持ち悪い』

雑誌を戸棚に投げ入れ、襖を思いっきり閉めた。

忌まわしきものを封じ込めるように。


もう嫌だ。


どうしてこんな目にあわないといけない！

そもそもゾンビなんか出せって言われて、その通りにやっただけなのに！

いまいちだってわかっている作品を載せれば、こんな事態になるのは明らかだったのに。


もう限界だった。

恥の上塗り、作家としてもうダメだ。

掲示板で叩かれているように、編集に見捨てられたんだ。

……なら、いっそもう辞めてしまえばいい。

そうすれば、こんな気持ちにもならなくていい、辛い思いをしなくていい――

縁側から空を仰いだ勝の脳裏に「廃業」の文字がよぎる。

「はぁ……」

やる気を喪失し、気落ちする勝が目にしたのは一匹の猫だった。

この前、庭に居座っていた三毛猫だ。

今日は一段と陽射しが強い。木陰の下で寝そべっていて、目を細めては気持ちよさそうに涼んでいる。ふかふかと柔らかそうなお腹が、呼吸をする度にゆっくりと上下していた。

勝はその猫から何故か目が離せなかった。

猫も何か言いたげに、ずっと勝の顔を見つめている。

どこかで風鈴の音が聞こえてくる――昔、聞いたことのある懐かしさを覚えていた。

勝は何気なく縁側を見る。

そこには十和田が忘れていった手鏡があった。
ゆっくりと膝を折って手に取ると、笑顔で猫と戯れる彼女の顔を思い出した。
自分も少しは笑えるだろうか？
勝は手鏡を開き、彼女と同じように光を反射させる。
キラキラ、キラキラ。
猫の周りをちらつかせたが、サバ柄の子猫のように飛びつきはしなかった。
じゃあ、もっと……勝は光を激しくちらつかせる。
三毛猫は目で光を追ったけれど、すぐ飽きたようにどこかへ行ってしまった。
「……なんだよ」
猫にまで愛想を尽かされ、庭先に一人取り残される。
でも不思議だった。
猫と遊ぶまではぐちゃぐちゃだった気持ちが、なんだか落ち着いていたからだ。

*

「いらっしゃいませー」

人間、嫌なことがあって、辛くても腹は減るものだ。

勝は商店街の一角にあるパン屋を訪れていた。

自転車で気軽に行ける距離にコンビニはなく、必然的に商店街の店を利用することが多くなった。つい先日、香ばしい匂いに誘われて、パン屋を訪れた勝だったが、この店に来ればだいたいのものが揃うと学習した。パン屋と銘打ってはいるものの、生鮮食品から生活必需品、嗜好品まで置いてある。スーパーも車がないと厳しい距離、町のコンビニと呼ばれるのも納得だ。

そして勝は今日もお昼にパンを買いに来た――はずだったが、あるものを見つけた。

猫のエサだ。

缶詰、ドライフード、猫用お菓子バリエーションも結構多い。

これがあれば……勝は真剣な面持ちで猫のエサを見つめた。当初の目的であるパンはそっちのけにして見入っていた。

気まぐれとはいえ、勝は昼食のパンと一緒に猫のためのドライフードを一袋手にとって帰路についた。

＊

原稿の手を止め、勝は空に明るく光る弓張り月を見上げて考えに耽った。

多古町に引っ越してきて、わかったことがある。

それは自分が人見知りのくせに、外との繋がりに依存していたことだった。

古民家は住宅地から少し離れた場所にあり、大通りから外れているためか、交通量も極端に少ない。夜になるとひっそりと静まりかえる。

家の周りは耕作地が広がっているため、より人の営みが感じられない。

お隣さんまで自転車で数分、なんてのもざらじゃない。

正直なところ、夜になると何かが出てきそうで、ちょっとだけ怖かったりする。

真っ暗な夜道、ざわざわと音を立てる雑木林、灯りは僅か。

その時背後で!!

ほら、これだけでちょっとしたホラーになりそうだ。

都内での暮らしでは一歩外に出るだけで、昼夜問わずに人と出会すことができたのに、ここではそれがままならない。直接的な関係はなくとも、誰かがそこにいるとそれだけで安心感がある。都会では考えもしなかったことに気付かされる。なんだか不思議な発見だった。

ここを訪れるのは十和田ぐらいなものだ。

一人になりたくて、ここに来たのに……。

一人になると、少しだけ寂しかったりする。

なんだか矛盾しているけれど、そのためだろうか。

猫が庭に来るかもしれない——とわかってから、彼らが来るのをちょっと楽しみにしはじめている自分がいた。

今日、買ってきたキャットフードがその現れだろう。

勝の脳裏には縁側で見た十和田の笑顔が鮮明に残っていて……。

あんな風に笑えたらいいな、なんて思ったりして……。

勝は立ち上がり台所へ向かう。底が浅めの皿を持ってくると、キャットフードの封を開ける。香ばしい匂い。カラカラと陶器が音を立てるのを聞きながら、勝の頬はゆるんでにんまりと笑っていた。

＊

不思議な体験だった。
自分でもビックリだ。
勝はパソコンのキーボードを、ピアノの鍵盤のように弾いた。
指が止まらない。
次々に文章が頭に浮かんでは、続々と言葉を紡ぐ。
キャラクターが活き活きと動き出し、次第に走りはじめるストーリー。
原稿用紙の中で、世界が彩りはじめる。
文字が飛び出し、音が弾ける。
色が踊り、本はまるで羽を生やしたかのように飛びまわる。
それは子どもの頃、あの本を読んだ時と同じ気持ちにさせた。
ワクワクした。
ドキドキした。

それを自分が書いているんだ、なんて実感が湧かない。
かつて、これほどまでに、自由に原稿を書けたことがあるだろうか？
いや、きっとない！
この気持ちを共有したい、誰かに読んで楽しんで貰(もら)いたい。
身体は羽のように軽い。スキップしたい勢いで、どこまでも飛べそうだ！
その時、風が吹いた。
驚くことに勝の身体がふわっと浮いたではないか。
すごい、どこまでも上っていく！
街を俯瞰(ふかん)し、雲の海を突き抜ける。
そこには一点の曇りもない澄んだ青空が広がっていた。
すごい、世界は広い。
自分の知らない景色がどこまでも広がっていく。
だが、風が止むと重力に逆らえずに、勝の身体はゆっくりと落ちていく。
眼前には迫る雲海。

落ちる！　思わず目を閉じる――だが、勝は何かに受け止められた。
ふかふかと柔らかく暖かみがある、何か……そう、猫のお腹だった。

＊

「んはっ！」
ミーンミンミンと、セミの鳴き声が聞こえてくる。
あれ？　ここは？　猫のお腹は？
締まりのない顔で周囲を見渡す。
そこは家の縁側で、端的に言うなら、先ほどの空中浮遊は夢だった。
願望の現れが如実に出ていて、我ながら……と思いつつ、勝はため息を一つ。
「はぁ～」
夢見が良かっただけに、落ち込みの振り幅が激しい。
もちろん、パソコンの画面は変わらず真っ白なままで、がっくりと項垂れた。
猫のお腹ってあんなにふかふかなのか――と、夢の感触を思い返していると、
勝はあることに気付いて目を見開いた。

あれ？　あれあれ？
何度か瞬きをして確認し、四つん這いのまま縁側を移動する。
え、エサがなくなっている!?
「うそっ……」
思わず、歓喜の声をあげそうになった。
昨日の夜、気まぐれに置いてみたエサ皿の中身は、きれいに食べられている。
勝は庭を見渡した――だが、そこに猫の姿はない。
あの子たちが来てくれたのだろうか？
きっと、庭先に来てくれたにちがいない。
その事実が勝の心を穏やかな気持ちにさせてくれた。

*

庭先に置かれた猫用のお皿は二枚になった。
エサを食べてもらえたことが、思ったよりも嬉しかった勝はお皿を増設。

そして昨日と同じように、ドライフードをこんもりと載せた。
勝は、猫がやってくるのを期待しながら居間に戻った。
だが、問題が発生した。
ここからじゃよく見えない。
何度か微調整を繰り返し、ベストポジションを見つけることに成功した。
柱に寄りかかりながら、勝は庭を一望する。
暑くなることも考慮して、お皿は木陰にセット。
三毛猫がごろんと横になっていたのを思い出してのことだった。
なかなかいい配置じゃない？
ワクワクと皿を見守るが、一向に猫の姿は現れない。
十分、二十分、三十分。
勝は諦めてパソコンを立ち上げて、原稿を書き始めた。
普段よりも少しタッチが軽いような気がした。

＊

原稿に取り掛かり始めてから、どれぐらい時間が経ったのだろう。

柱に寄りかかって船を漕いでいた勝は、ガン——と、柱に後頭部をぶつけて目を覚ました。

寝落ちするところだった。

危ない、危ない。大きく深呼吸して気持ちを整えようとした矢先。

勝は庭先を見た。


ね、ね、ね、猫がっ、来てる‼

しかも、ハチワレ、サバトラ、三毛猫、黒猫と何匹も！


突然の猫の来訪に、気が動転する。

パソコンを畳に投げっぱなしにして、先日、スマートフォンを封印したはずの押し入れに向かった。

一瞬だけ迷ったものの、中に置いてあるスマートフォンを手にした。

カメラのアプリを立ち上げ、レンズを猫たちに向けた。

ピントを合わせ、連続してシャッターを切る。

しかし、猫はシャッター音に驚いたのか、一目散に逃げ出してしまった。

そして庭先はあっという間にもぬけの殻になった。

残念、行っちゃったか。

落胆した勝だったが、撮れた写真を見て、思わず頬を緩めてしまった。

か、可愛い！

エサをばくばくと食べる猫の姿は、見ていてどこか清々しくもあった。

勝はその後も、猫を写真に収めようとしたが、警戒されてすぐに逃げられてしまう。初めて上手く撮れた猫の写真を手にすると、もっといろんな写真を撮りたい……次第にそう思うようになっていった。

＊

田畑が連なり、稲作が盛んな多古町。生活の中心となる小さな商店街に、奇跡的にペットサロンが一軒だけあった。店の名前は「Ｃａｔオアシス」。

なんでもあるかと思ったパン屋には、さすがに猫のオモチャまではなかった。

どこかに売っていないか、遠出しようかな、などと考えていた矢先に、偶然見つけたお店だった。加えて猫専門らしい。ペットホテルも兼ねているようで、近隣のペットショップから紹介されるほど、利用者が多い店だった。

店内に入ってみるとそれこそ猫一色だった。猫のトリミングだけではなく、猫用のオモチャやエサを販売している。更に使っている備品や装飾品など、どこを見ても猫がいた。これだけ猫に囲まれた店作りを目の当たりにすると、オーナーはよっぽど猫が好きなんだろうなと感じる。

早速、グッズを物色する。しかし――。

自分でも徐々に難しい顔つきになるのがわかった。

いろいろありすぎてよくわからない。それが勝の感想だった。

猫じゃらしだけでも種類が多いこと多いこと。先端についているものは全部違うし、シャカシャカ音が鳴るものまである。

どれがいいのか、さっぱりだ。

勝が困惑している間に、どうやら先客のトリミングが終わったようだった。

「ユキちゃん、今日は五・八七キロです」

「ちょっと太っちゃいましたね」

店員から撮ったばかりの写真を受け取った飼い主は、猫を抱きかかえて嬉しそうに笑顔を浮かべた。

「寺内さん、いつもありがとうございます」

「いーえー、またよろしくお願いしますね」

出口まで見送った女性店員は、

「ありがとうございました。じゃあね、ユキちゃん」

猫の頭を優しく撫でると、店内に戻ってきた。

幸い他には客が居ない。タイミングを見計らっていた勝は行動に出た。

「す、すいません」

上ずった声で、店員を呼び止めた。

「猫が喜ぶオモチャって言うと……」

「全部」

当たり前でしょ？　彼女の表情はそう物語っていた。

そりゃそうだろうけど、僕が聞きたいのはそういうことじゃない。

「……おすすめってありますか？」

しばらくグッズを物色していた勝だったが、どれにするか決めあぐねていた。

あまりにも数が多いし、どれが喜ばれるのかまったく見当がつかなかった。

選ぶ基準がわからない以上、質問するしかない。

「どんな猫？」

だが、質問に質問で返されて勝は困惑した。

なんと答えたらいいのか、庭先に遊びに来る猫としか……。

「色々なんですけど、まぁ、三毛猫とか？」

「毛色で性格は決まらないからね」

「……性格があるんですか？」

勝の質問に面食らったのか、店員は目をぱちくりとさせて、

「お客さん、猫ビギナー？」

「まぁ、そんな感じです」

店員は「ふ〜ん」と意味ありげに店内の猫グッズを見回した。

「基本的に好きなものは動くもの。ボールとか」

「なるほど」

彼女が手にしたボールはカランと鈴が鳴る。音が出るタイプもあるらしい。

心にメモを書き留める。

「あとはフカっとしたもの。クッションとか」

「クッション……ですか」

店員は、羊をモチーフにしたクッションを指先で弾く。

生地は反発せず、包み込むようにグッと沈んだ。その感触は触らずともわかる。

あれは絶対に気持ちいいに決まっている。枕代わりにして横になったら、絶対に気持ちいい！

ちょっとだけ猫の気持ちがわかった気がした。

店内を時計回りにぐるりと周り、グッズの説明とレクチャーを受ける。

「あと狭いところが好きね」

彼女が紹介したのはピラミッド型の猫のお家。

中にクッションを入れて使うらしい。

なんか可愛い。

「狭いと落ち着くみたい」

「……あぁ、押し入れみたいな」

猫の気持ちに共感できる——自分では割とわかりやすいたとえをしたつもりだったが、店員はすぐに答えず、考え込む風情を見せて、

「ちょっと違うけど、まぁそんなイメージ」

一通りの説明は終えたのか、店員はふいっと店の奥へ移動しようとした。

まだ大事なことが聞けていない。

「あ、あのっ」

呼び止める声が裏返った。店員は不思議そうな顔をしながら小首を傾げた。

「写真を上手く撮りたいんですけど……」

勝は恥を忍んで聞くと、店員はにっこりと笑って言った。

「ガツガツしないこと」

「ガツガツ？」

「そっ」

思わずオウム返し。そんなことだけでいいの？

店員は品定めするように目を細めながら、

「猫は追うと逃げるよ。女と一緒」

自分の言葉にウケたのか、店員は笑い出した。

ええっと——対応に困る。

とりあえず、愛想笑いを浮かべようとしたが、

「面白くもないのに笑うとか、そういうの猫見抜くからね」

店員はピシャリと、勝の内心を見抜くと仕事に戻ってしまった。

図星を突かれて、背中に嫌な汗が伝うのを感じた。

気を取り直して、再びグッズを見て回る。

おすすめされたボールとクッションでも買ってみようか。

目についた猫じゃらしを手に取った勝は試しに振ってみる。

これも、買ってみようかな。いや、今日はボールだけにするか。

あれこれ迷いながら、ちょうど良さそうなグッズをいくつか見繕った勝はレジに向かう。その足取りが軽やかになっていることに、本人は気付いていない。

＊

買い物から戻ってきた勝は、さっそくグッズを開封した。

Ｃａｔオアシスで買ってきたのは、ボールのオモチャだ。

どれを気に入るかわからないし――と、勝は売り場にある全種のボールと羊のクッションを購入することにしたのだ。レジに持っていくと、店員は面食らった顔をした後、クスリと笑っていた。ほんのちょっとだけ恥ずかしかったが、まぁ、いいだろう。

「よしっ！」

勝は庭先を一望して、満足気に頷いた。

エサの準備もできた、オモチャも置いた、遊びに来た猫が休めるように縁側にクッションも置いた。

完璧な配置だった。

あとは猫がきて、遊んでくれるかどうか……それが問題だ。

「佐久本先生」

突然、十和田の声が聞こえた。

「やっべ……」

勝は見つからないように、ボールを蹴飛ばした。

エサを見られたら、何を言われるか……皿も隠さないと！

猫にうつつを抜かしてる場合じゃないのに――。

いつになく華麗なフットワークで片づける。

すばやく居間に上がり込み、パソコンを立ち上げて膝上に。これで大丈夫だ！

「先生、どうですか。今日、締め切りですけど……」

「ええ、まぁ……」

心臓が暴れ馬のように跳ね回るが、勝は呼吸の乱れを悟られないよう平静を装った。

縁側から上がり込んできた十和田は、パソコンのモニターを覗き込むと「えっ？　えっ？」と困惑の声を上げた。

「全然書けてないじゃないですか」

彼女が言うように、画面は真っ白だ。

猫のグッズを買いに行って、原稿を書いていませんでした――とは言えず、勝は指先でこめかみを二回ほどノックして答えた。

「構想はここに」

いつになく強気な発言、全然進んでいないのによくこんな言い訳が出てきたもんだ、と、自分に驚いた。

しかし、あながち嘘というわけでもないのだ。

体育座りをした十和田は、画面と勝の顔を交互に見比べて言った。

「じゃあ、待たせていただきます。原稿をいただいたら帰りますから」

*

重い……空気が重い。

十和田が来てから一時間。

差し入れに買ってきてもらったブドウを摘まむ。

勝はいろいろ気になって仕方なかった。

十和田にはこの前、不満をぶちまけ、怒鳴ったままになっている。

勝はチラッと十和田の様子を盗み見る。

彼女は縁側に腰を下ろして、足をぶらつかせているようだ。

その尻の下には買ったばかりのクッションが敷かれている。

あぁ、それは猫用のクッションなのに！　本来の用途とは違う使われ方だ。声に出さなかったが、庭の様子も気になっていた。

「あ、また猫」

えっ、嘘!?　その言葉に、勝は身を翻（ひるがえ）した。

縁側の柱にもたれかかって身を乗り出すと、十和田は怪訝そうな表情を見せた。

「えっ、何ですか？」

「……い、いや」

十和田の問いについドギマギした受け答えになってしまったが……本当だ。

庭先には三匹の猫がいた。

「あれ、なんかボールが」

「っ⁉」

それも、買ってきたボールで早速遊んでくれている！

十和田の目も忘れて、食いつくように見入ってしまう。おそらく、自分の表情は緩みっぱなしだろう。

「何であんなにボールがあるのかしら？」

勝の心中など知るよしもない十和田はもっともな疑問を口にした。

一瞬、ドキッとするがあえて、アッケラカンとした態度で答える。

「た、たまたま落ちてたんじゃないですか？」

「ビーチボールがですか？」

くそっ、確かにここは内陸だ！　別の種類にすればよかったっ‼

縁側に腰掛ける十和田が庭先に下りようとすると、猫たちが物音に見構えた。

「わぁーっ！」

思わず、声を上げて十和田を静止させる。

「……なんですか？」

勝の挙動を怪しんでいるのか、十和田の瞳に猜疑心の色が映る。

彼女は猫を追いはらおうとしている。よかれと思っての行動だろうが——今回ばかりは正直困る。

つい先日「居つかれるから、やめてもらえますか？」と言ってしまったわけで。

「ちょ、ちょっとあれぇぇ、えぇぇ」

言葉を探しながら、十和田を遠ざける方法を考える。

「エ、エナジードリンクとか飲みたい……かな？」

「はっ？　エナジードリンク？」

突然の要求を、十和田は聞き返した。もっと他に何かなかったのか、と思うもこうなれば力押しだ。

「買ってきてもらえませんか？」

じっと見つめる勝の目力に圧倒されたのか、十和田は「は、はぁ……」とたじろぐように答えた。

「すいませんね。ちょっと遠いけど」

「表の自転車、借りてもいいですか？」

「どうぞどうぞ！　ごゆっくり！」

いや、しかしこのまま縁側を通られると、猫が驚くかもしれない。

「お、お気をつけて」

そう判断した勝は、十和田に靴を手渡した。

勝の態度を訝(いぶか)しんだまま、十和田は玄関先に止めてある自転車へ向かう。

ガシャン——留め具を蹴り上げ、十和田を乗せた自転車はカラカラカラと音をたてて、車輪を回しはじめた。

まだ油をさしてないから、音がよく聞こえる。しばらく耳を傾け、縁側から覗く。音が遠くなり、彼女の姿が生け垣の向こうへ消えていったのを確認する。


いよっし!!


瞬間、勝はスマートフォンを急いで手に取った。

ペットサロンで貰ったアドバイスを思い出す。

ガツガツしない、ガツガツしない、ガツガツしない。

勝は心の中でおまじないのように復唱すると、ゆっくりと庭先に降りた。

驚かせないように、忍び足で猫たちに歩み寄る。

猫たちはボール遊びに夢中のようだった。近づいても逃げる様子もないので、勝はホッと胸をなで下ろした。

一番小さな子猫がボールにじゃれついてぴょんぴょんと跳ねていた。動くものが好きという店員の言葉は本当らしい。元気いっぱい、わんぱくな子猫は地面をコロコロと転がるボールを追いかけて庭を走り回っていた。

その様子を見守るように寝転がる黒と白のハチワレ。子猫が走るたびに視線で追っていた。一緒に遊びたいのを我慢してるんだろうか？　体が一回り大きいみたいだし、もしかしてお兄ちゃん猫だろうか？

勝はスマートフォンのカメラアプリを起動し、そっとレンズを猫に向ける。

『なに？』

寝転がる猫の声が聞こえてきそうだ。

レンズ越しに目があったものの、そこまで警戒されている感じではない。

シャッター音が鳴る。

これは良い絵が撮れた！

ピンぼけしてないし、猫も自然体でくつろいでいる。

それにこのカメラ目線！

自分の可愛さをよく知った仕草だった。

勝は興奮のあまり、その後もシャッターボタンを押し続ける。

写真が三十枚を超えそうになったところで、庭の端へ戻った。

隠していたエサ皿を庭に置くと、匂いにつられてまた猫が集まってきた。

腹を空かしているのか、ガツガツと食べはじめる猫たち。

食べてくれるかな？

エサ皿からドライフードを手に取り、おそるおそるハチワレ猫に差し出した。

ハチワレ猫は注意深く匂いをかいだ。

緊張の瞬間、勝は固唾（かたず）を呑んで見守った。

鼻をひくつかせて、警戒していたようだったが……。

パクリ。

猫のざらっとした舌が掌を撫でた。

背筋にゾクゾクと形容しがたい、電流のようなものが流れた。

う、嬉しい！

何これ、ちょっとやばい。

頬は緩みっぱなしで、元に戻らない。

「……こんにちは、ハチワレさん」

なんかもう満たされる感じが半端じゃなかった。

足下でエサに夢中になっているトラ柄猫を撫でる。

柔らかくて温かい。

距離感を縮め、時間を忘れて猫と触れあった勝だったが、遠くから自転車のチェーンがきしむ音が聞こえると慌てて家の中に駆け込んだ。

買い出しから戻ってきた十和田は、やけににやついている勝に小首を傾げた。

猫の写真撮影で予想以上に時間を浪費した。その遅れを取り戻すべく、勝は死にものぐるいで指を動かした。監視する十和田の厳しい視線の中、必死に文字を紡ぐ。何度も消して、何度も書き直して、頑張ったと思う。

＊

それからあっという間に日が暮れて宵の口。

完成した原稿を、プリンターが規則的なリズムを刻みながらはき出していく。

勝はというと、胡座をかいて柱に身を預けていた。

精神が摩耗し、表情が抜け落ちている。

精根尽き果てる——とはまさにこのことだろう。

沈黙する居間に、繰り返しガシャンガシャンと音を立てるプリンター。

勝はプリンターの音に耳を傾けながら、薄く開いた口から魂が抜けていくような感覚を覚えていた。

一方、十和田は印刷が終わったそばから、原稿に目を走らせていた。

その姿は文字通り、一心不乱。声を掛けるのもためらわれるような集中力だった。

最後に吐き出された用紙の文字を一気に読み終わり、

「先生……」十和田は原稿から目を上げて、

「ゾンビは失敗だったかもしれません」

申し訳なさそうに、再び原稿に目を落としながら十和田はたずねた。

「失恋で絶望した直樹が事故死した後に、静香に復讐する――ってことですよね？」

「そうですけど」

参考にした映画はどれもサスペンス、ホラーの連続。

整合性もない――無茶苦茶な話になってしまっているのは自分でも承知の上だ。

しかし、無理な舵（かじ）を切ってしまったが故に、もう止まることさえ出来ない。

「それって直樹、自分勝手じゃないですか？」

「だって、ゾンビですから」

「いやぁ、まぁ……」

十和田は納得いかないのか「そうなんですけど」と、口をすぼめた。

まだ何か言いたそうにしていた十和田だったが、ダブルクリップを取り出して原稿をまとめはじめた。

「なんですか。直せって言うなら、直しますよ」

「いやいや、結構です」

突き放すような態度が、勝には引っかかった。

なんかもやっとする。

「気になるでしょ、その言い方」

「ほっといて欲しいって……この間」

十和田はムキになって言い返す。

「いや、ほっとくポイント、そこじゃないでしょ」

確かにそうは言ったけど……上手く意思疎通が取れていないことに勝は苛立ちを覚えた。

「せっかく生き返ったのに、直樹は他にやりたいことないのかなって」

「…………？」

その言葉は、勝の心を揺らした。

そんなこと考えもしなかった。

勝が見た映画ではゾンビとして生き返った彼らは皆、理性を失い、動くものを見境なく襲うモンスターとなる。

　その考えに縛られていて、自分の発想の視野が狭まっていたらしい。

「な、なんでもないです。あの、データをＵＳＢに移していただけますか？」

　十和田はバッグから、外部メモリを取り出して言う。

「先生、なんとか続けましょうね」

　きっと勝を励まそうと言ってくれているのだろう。

　だが、勝の脳裏に――このまま続けることができるのだろうか、そんな不安がよぎる。こんな状態では、もはや……。

　勝は俯（うつむ）いたまま返事をすることができなかった。

　居間に流れ込んでくる風の音と、虫の鳴き声が勝の心の中にいつまでも残響していた。

＊

「はまったってこと？」

「えっ？」

「猫に」

勝がＣａｔオアシスで会計時に、店員の寺内洋子がたずねてきた。

思わず視線をそらして、頭を振った。

「いや、まさか……」

人は図星を突かれると、否定の反応をしてしまうらしい。

咄嗟に否定したが、自分の姿を見たらどう思われるだろうか？

両手一杯にピンクのビーズクッションと、猫用のつめみがき。シャカシャカと音が出る素材の鯉のぼりトンネルに、猫の本能を刺激するお魚けりぐるみと、スイッチを入れれば羽根車が回りだす自動ぶんぶん丸。そしてエサも高級マグロ猫缶にグレードアップ。

どれもこれも猫が喜ぶグッズばかりで、買いすぎな気もする。

寺内は猫グッズを抱える勝の姿を見て、笑い出すのを堪えながらたずねた。

「この前のは気に入ってもらえた？」

「え、あぁ……クッションがお気に入りみたいです」

おかげで良い写真が撮れました。報告すると寺内は嬉しそうに笑う。

「猫って人生の七割は寝てるからね」

「そ、そんなに？」

その事実に驚いた。七割って寝すぎじゃない？

でも、普段の彼らの暮らしから考えてみれば、わからなくもないか。

納得したように頷いた。

やはり、彼女の話は参考になる。

まだまだ猫の知識が浅い勝にとって、何気ないアドバイスも新鮮だった。

寺内は真剣に耳を傾ける勝の姿勢に、気を良くしたのか饒舌(じょうぜつ)になっていく。

「エサのトレイとか小まめに掃除してる？」

「ええ、まぁ……」

「あとトイレの設置。これマスト」

「トイレ？」

そういえば、トイレなんて考えたことなかった。

眉間に縦皺を作り、素朴な疑問を口にする。

「野良猫にトイレっているんですか？」

寺内は面食らったように目を瞬かせた。

「野良猫？」

「はい」

「飼ってるんじゃないの？」

「はい」

そう答えると、寺内がたまらないといった感じに吹き出して笑う。

「え、何がおかしいんですか？」

お腹を抱えて笑う彼女の目じりには、薄(うっす)らと涙が浮かんでいる。

何も変なことを言っていないのに、なんだか恥ずかしい。

「やっぱり、はまってんじゃん」

「い、いやぁ、はまってませんよ」

頭を左右に振って否定する。

だが、寺内の瞳は「隠さなくても大丈夫」と言っているような気がした。

彼女はカウンターから出てくると、勝の二の腕辺りに軽く体をぶつけてくる。

「あなたに体押しつけてきた？」

寺内の質問に、勝は困惑した。

「猫がですか？　そ、それはまだ……」

「自分の匂いをマーキングしてるのよ。家族と認めた瞬間」

家族……か。

なんか良い響き。

体を擦りつけてくる猫たちの姿を想像したら、胸にくるものがある。

「あの、それどうしたら」

早速食いついてきた勝の顔前に、寺内は掌を見せて制止した。

「とにかくウエイト！」

「ウエイト……待つ？」

寺内は腕組みをして更に一言。

「基本、猫はツンデレ。あぁ、でもたまにツンなしのデレの子もいる」

「な、なるほど……」

その光景を想像したら、思わず口元に笑窪（えくぼ）ができた。

良いように誘導されていると気付き、頑張って隠そうとしたが、寺内にはバレバレだった。

*

買い物から戻ってきた勝は、早速行動を開始した。

納屋で眠っていた茣蓙を引っ張り出して庭先に広げる。その上に、開封したピラミッド型の隠れ家を設置し、けりぐるみなどの猫用グッズを置いていった。寺内のアドバイスを参考に配置を考えながら、庭作りを進めてみる。

他にも壺をはじめ、猫が喜びそうなものを見つけては、布巾で綺麗に拭ってから置いていく。自室のインテリアさえ無頓着だったのに、庭作りにこんなに夢中になるのも、不思議な話だ。

庭先のコーディネートがひと段落し、勝は縁側で横になってみた。

庭を眺める。

なかなかの出来栄えだ。

そして後は、猫が来てくれさえすれば……と、庭先を見守るが、こんな時に限って一匹も姿を見せてくれない。

勝はがっくりと肩を落とした。

*

気を取り直して、猫が来るまで原稿を書いて待つことにした。

エナジードリンク片手に、場所を変え、姿勢を変えて、警戒されないようにすること一時間。結局、庭もこっそりと見える階段に落ち着いた。

キリの良いところまで原稿が進み、勝はそっと庭先を覗き込む。

庭先には猫たちが集まっていた。

この前よりも数が多い！

勝は高まる興奮を抑えながら、スマートフォンを手に取った。

ガツガツしない。

ガツガツしない。

大事なおまじないを唱えながら、庭先で思い思いに過ごす猫たちを、写真に収めていく。写真の枚数を重ね、その出来栄えを確認しては、勝は嬉しそうに笑みを浮かべたのだった。

＊

写真撮影に満足した勝は、ようやく原稿に戻った。

居間の柱に背を預け、パソコンに向かっていると、一匹の猫が居間へと上がってくる。
すると勝に身体を擦り寄せてきた。

マーキングだ。

猫たちから受け入れられた瞬間だった。
初めて猫の方から寄ってきてくれたこともあって、勝はときめきを覚えた。
何だ、この可愛い生き物は⁉
……猫だっ‼
一人でノリツッコミをする勝は、おそるおそる、猫の背中を撫でてみる。
猫はしっぽをぴーんと立てて、身体を擦りつけるようにした。
たまらなく嬉しかった。
また笑顔がこぼれた。

*

それから数日。

庭先には猫たちが頻繁に来るようになった。危害を加えないとわかったのか、それとも慣れてきたのか。勝にはわからない。でも、猫たちの警戒は少しずつ薄れてきたようで、勝が居間にいても彼らはのんびりと気ままに遊んでいる。

目の保養にもなるし——勝は畳に寝転がって原稿を書くようになった。

それが思ったより捗(はかど)るからビックリだ。

夏の日差しが弱まり、熱気が柔らいだ昼下がり。

猫を眺めながらパソコンに向かう。

が、少し執筆に行き詰ってしまった。

そして問題となるシーンに差し掛かっていた。

「直樹の気持ち、直樹の気持ち……」

ちょうど、生き返った直樹が静香に迫る、物語の佳境である。

「……やりたいこと」

勝はぼやく。十和田がこぼした感想が頭から離れなかった。
直樹に自分の姿を少しだけ重ねていた。
生き返ってやりたいことはないのか。
どうなの？　勝は物語の直樹に問いかける。
だが、返答などあるわけもなく……。
勝は彼の気持ちを考えては呻吟する。
その時、パソコンの脇からぬっと、三毛猫が顔を覗かせた。
三毛猫は喉をゴロゴロと鳴らし、勝に顔を擦りつけてきた。
構って欲しい時、猫はそうやってアピールするらしい。
「ふふっ」
猫の愛らしい行動ににんまりとしていると、勝は「あっ」と声をもらした。
三毛猫の足はキーボードの上、ちょうどバックスペースキーの上に置かれていたのだ。
次々と文字が消えていく。
あまりのことに声が出なかった。
これまでの苦労が嘘のようにあっさりと。

三毛猫をどかそうと思う間もなかった。

呆然と画面を見つめるしかできなかったが、三毛猫から「これじゃダメだよ」と、言われているような気すらした。

真っ白な原稿を見て、勝は一人頷く。

もう一度と言わず、何度でも彼の気持ちになって考えてみよう。

生き返った直樹が、何をしたかったのか。

復讐なんて悲しい終わり方ではなく、誰もが納得できる結末を求めて、勝はモニターに向かう。自分自身と向き合うように、勝は直樹の本当の気持ちを掬いあげようと真摯に耳を傾けていた。

*

月曜、朝の定例会。出版企画会議が行われていた。担当作家の進捗状況、掲載する新企画にコラムの提案などを話し合う。ミチルは沈鬱な面持ちのまま会議に臨んでいた。

時に会議の場は談笑に包まれるが、彼女にそんな心の余裕はない。

握った掌にはじんわりと嫌な汗が滲んでいた。

一人、また一人と報告が終わり、間もなく自分の番が回ってくる。

「はい、じゃあ次。佐久本勝、連載打ち切りの件について」

会議の議事進行を取り仕切るのは編集長の浅草史郎（あさくさしろう）。彼は配布された会議資料に目を落とすと、間延びした口調で言った。

「これ来週号まででいいよね？」

「そうなっているはずですが」

鴨谷の返事は歯切れが悪い。会議室の空気が冷えたようだった。

「はず……ってなに？　言ってあるんでしょ？」

「どうなの？」

鴨谷は顔をしかめて、左脇に座るミチルにたずねた。

会議に参加している編集者の視線が、全てミチルに注がれる。

その無言の圧力にミチルはたじろいでしまった。

「いや、ちょ……その……」

言葉を濁すと、浅草はほんの少し目を鋭くさせる。

「ちょっとはっきりしてよ、こういうの揉めるよ？」

「はい、すいません」

「とんずらして二週落とした時点で決まってたでしょ。それ無理矢理復活させてみたけど、ひんしゅく買ってるじゃん。続けて誰が喜ぶの？」

打ち合わせ直後の失踪は、編集部で波紋を呼んだ。

担当編集のミチルはもちろん、管理問題を問われたのは鴨谷だ。

浅草に呼び出された二人はコッテリと絞られた。そのうえ、勝が落としたページを穴埋めするため、二人は各所に頭を下げることになったのだ。

「だから言っただろ、飛ぶって」

そのまま放っておけ。佐久本が失踪したとわかった日、すぐ上層部に報告すると鴨谷は言った。

だが、ミチルはどうしても納得できなかった。

何度も連絡した。勝は電話に出なかった。

不動産会社に転居先の住所を確認するも、個人情報だと相手にされなかった。

探し出すから待って欲しい。

鴨谷の反対を押し切って、お願いしたのはミチルだった。

わずかな情報を頼りに、佐久本を見つけ出し、ミチルは原稿を受け取ってきた。

浅草はミチルの熱意に免じて連載を再開させたわけだが、結果は浅草の言うとおりだった。繊細な佐久本にはとてもじゃないが聞かせられない内容だ。

ミチルも思わず、表情を曇らせる。

浅草の厳しい言及に、鴨谷が背筋を伸ばして答えた。

「すいません、僕行ってきます」

「あのっ、佐久本先生、やっと調子が出てきて」

「っ……おいっ」

鴨谷は眉間にしわをよせて、嫌がる素振りを隠そうとしなかった。先日、呼び出された件もあって、彼は頭痛の種である佐久本の案件をさっさと片づけたいと思っていたのだろう。

だが、ミチルは鴨谷の圧力に怖じけずに続けた。

「その、環境を変えて集中しはじめたところなので、もう何週か続けさせていただけませんか?」

この会議が終わったら、また鴨谷からねちねちと嫌味を言われるかもしれない。

でも、ミチルには引き下がることなどできなかった。

佐久本は変わろうと必死に足掻（あが）いている。壁にぶつかりながらも努力する彼の姿を目の当たりにして、一方的に切り捨てることなどできなかった。

だからこそ、打ち切りの件も伝えることができなかった。

ミチルの懇願に対して、浅草はハッキリと言った。

「じゃあ、調子が整ったらまた会いましょう」

返事はＮＯ。

「連載続けられながら調子整えられてもさ」

言葉の裏に「それでは困る」のニュアンスが含まれていた。

「いや、書きながら調子出てくることもあるじゃないですか。なんで、打ち切りにする必要があるんですか？」

ミチルは浅草に問いを投げた。他の編集者が息を呑んだ。

ここまで食い下がる理由が見当たらないからだろう。

浅草は諭すような口ぶりで言う。

「佐久本勝がプロだからだよ」

ずっしりと重みのある言葉だった。

浅草は嘆息を一つもらして、続けて言った。

「それに一度書けなくなった小説家の立ち直りってそんなに簡単だっけ？」

「どうなんだよ」

鴨谷が合いの手を打つように、ミチルを責めた。

「簡単じゃないと思いますけど」

「彼に期待してるのはお前だけじゃない。期待の仕方が違うだけでさ」

浅草の言葉に嘘はなかった。

出版社としては続けて欲しい。

その作家だけが持つ原石を磨いて欲しい。

出版業界を盛り上げようとする一心で、作家を育てようとする。

だが、大半の作家は自分から消えていくのだ。

自分の限界を感じて——

書く楽しさを見失って——

辛い現実から逃れたくて——

一度、逃げ出した佐久本のように……。

堪えきれなくなって鴨谷は言った。

「僕の方で処理しておきます」

「いや、私が行きます」

ミチルは彼の言葉を遮って言った。

「次が最後の原稿ですから」

ミチルは決意表明と言わんばかりに、浅草の目をまっすぐ見据えた。

大きく鼻息を鳴らした浅草は、

「あっそ。じゃあよろしく」

とだけ言うと次の議題に入ったのだった。

*

バスの窓から見える田園風景を眺めながら、ミチルはため息をもらした。

まだ数回しか来ていないこの道のりも、なんだか懐かしく思えてくる。

山を迂回するように連続するカーブを曲がり、バスの揺れに身を預けていたミチルの気持ちは沈んだままだった。

佐久本に打ち切りを告げに行く。

その事実がミチルの胸を、ギュッと締め付ける。

日に日に虚ろな表情になっていく佐久本が不安だった。

こうなる前になんとかできたのではないだろうか？
ミチルの脳裏には後悔だけが渦を巻いていた。
いつものバス停で降りて商店街を抜ける。
田畑を繋ぐ農道を越えて、雑木林のカーブに差し掛かる。
程なくして佐久本の家が見えてくると、ミチルの足は止まった。
覚悟を決めよう。
しっかりと勤めを果たそう。
決意を新たに、ミチルは一歩踏み出した。
一歩が重い、そんなことを感じながら、彼女はゆっくりと歩きだす。

＊

佐久本の家に近づいてくると、変な音が聞こえてきた。
ぎーこぎーこ、ぎーこぎーこ。
何の音だろう？

ぎーこぎーこ、ぎーこぎーこ。

ミチルはぐるりと生け垣を回り込む。

どうやら、この音は佐久本の家から聞こえてくるようだった。

おそるおそる玄関先までやってきたミチルが目の当たりにしたのは、劇的な変化を遂げた庭先と、そこに集まる猫の姿だった。

驚きに言葉が出てこなかった。

黒猫。

三毛猫。

白黒のハチワレ猫。

茶トラ猫に、サバ柄猫。

思い思いに過ごしている猫の姿があった。

佐久本の庭先は猫であふれていたのだ。

ミチルが呆気にとられていると、一匹の猫がオモチャのちょうちょに飛びつき、庭先に設置した切り株状の台座から一緒に転がり落ちる。

「あぁ～あぁ～あぁ～」

ぎーこぎーこと音に合わせて、佐久本は楽しそうな声で笑っている。

ノコギリを手に何してるの？

その姿に呆然としたミチルだったが、思い出したかのように声をかける。

「何やってるんですか」

「ほわっ!?」

ミチルに気付いた佐久本は作業の手をとめ、素っ頓狂な声をあげた。

「すごーいことになってんですけど、なんか……おぅふ」

どう説明したものか――と、佐久本は困ったように笑う。

その姿は悪戯がバレた子どものようで、照れ笑いを浮かべた彼は頬をかいた。

＊

居間に上がったミチルは、自然体に過ごす猫たちの姿を写真に収めた。

ちょっとした撮影会、仕事で訪れたことをつい忘れてしまうほどに。

可愛い。ほんと可愛い。

夢中になってシャッターを切っていると、お盆に飲み物を載せて佐久本が戻ってきた。

「どうぞ」

「あぁ、どうも」

ミチルは遠慮なく飲み物を手に取って、佐久本にたずねた。

「さっきのあれ、何作ってたんですか？」

ミチルが指をさしたのは、ノコギリで切っている最中だった木の板だ。

「猫用のアスレチックタワーです」

嬉しそうな声色で佐久本は続けた。

「猫って高いところが好きなんですって」

「ふぅん」

「いつも屋根とか塀に登っているんですけど、それじゃ眺められないんで」

「眺められない？」

「庭の真ん中にこれを置いておけば、ずーっと見えるところに居てくれるかなって思って」

「居てくれる？」

意味がわからず、ミチルは繰り返し質問した。

先週、原稿を貰いに来た時に比べて、佐久本の雰囲気が変わっている様な気がした。

なんだか、ほんの少しだけ物腰が柔らかくなっている。

居つかれるからやめてくれ、一人になりたいんだ。そう言っていた彼の面影は、見事に消え去っていた。

「これ、付けはじめたんです」

佐久本はミチルに一冊のノートを手渡した。開くとやや丸みのかかった文字で『ねこてちょう』と可愛らしく書いてあった。それを見て、ミチルは頬を緩めた。

ページを開く。

そこには写真を切り抜いて、一匹ずつ猫の特徴が明記してある。

佐久本の几帳面な性格と、誠実さが現れているようだった。

「新しいオモチャを置くと、新人君が来てくれたりして」

「もう飼ってるってことですよね？」

楽しそうに話す佐久本に、ミチルはそうたずねると……。

「あぁ、いえ……眺めてるだけです」

真面目な顔でそう答えた。

そんな佐久本を見て、思わずミチルは笑ってしまった。

ほんとに柔らかくなった。

不思議だった。彼の笑顔は、まるで春に降り注ぐ陽だまりみたいだ。

ノートをめくりながら、細かいところまでよく見ているな。と、猫たちへの愛情が感じられる。

「猫なんて、眺めることなかったけど……ほんとに時を忘れるっていうか」

「現実から逃げてるってことですか？」

あえて、厳しい問いを投げかける。

「そうなのかもしれません」

庭先を眺めながら、佐久本は穏やかに答えた。

「あぁ、でも！　意外とやる気も出てきているんです」

少年のように目を輝かせていた佐久本だったが、ハッと我に返ったように表情が曇った。

「すいません、なんか……十和田さんにはストレスばかりかけて」

バツが悪そうに、佐久本はシュンとして苦笑を浮かべた。

「僕だけのんびりしているみたいで」

そんな風にミチルが労（ねぎら）われたのは初めてだった。

「いえ、なんか、むしろ嬉しいです」

「嬉しい？」

佐久本は驚いた様子である。

本人には自覚がないのだろう。

「初めてちゃんと笑っている先生、見たような気がする」

最初は戸惑っているようにも見えたが、佐久本は柔らかい笑みを浮かべた。

ミチルはその笑顔に、胸を痛めた。

これから彼に、打ち切りの件を切り出さなければならない。

こんなに活き活きとしている人に、それを告げるのは酷な話だった。

『佐久本勝がプロだからだよ』

ミチルの脳裏に、今朝の浅草の言葉が蘇（よみがえ）る。

自分自身、無責任なことはできない。

彼女は意を決し、話を切り出そうとした。

「先生。あの、実はお話があります」

「……打ち切りのことですか？」

ミチルは、心中を見抜かれて、どきっとした。

まだ一言も言ってないのに……と。

庭先を眺めながら佐久本は続ける。

「そんな気が……してました」

怒るわけでもなく、悲しむわけでもなく……佐久本はちょっとだけ寂しそうだった。

予想外の反応に困惑する。佐久本は何も言わず居間の隅へと歩いて行った。そこには努力と苦悩の数だけ、ＤＶＤのケースが並べられていた。

そこに一緒に置かれていた茶封筒とＵＳＢメモリ。

佐久本はまるで我が子を抱えるように、茶封筒を持ち上げるとミチルに差し出した。

「最終回です。無理矢理ですけど」

苦笑して、明るく振る舞う佐久本だったが、その手は少しだけ震えていた。

「長い間、お世話になりました」

「いえ、こちらこそ……」

佐久本は瞳に涙をため、泣きそうになるのを必死に堪えていた。

これで終わってしまう。

そんな寂しさが胸の中ではちきれんばかりにあふれそうになる。

「あの……これ、やっちゃっていいですか？」

「あぁ、どうぞ」

鼻をすすりながら庭先に出た佐久本は、ノコギリを手に木材を切り始める。

「先生」

ミチルはちょっと不安になってたずねた。

「これからどうするんですか？」

作業の手をとめ、庭先を眺めた佐久本は、

「しばらく猫と暮らしてみます」

「そう……ですか」

ミチルも初めて見るような、清々しく晴れやかな笑顔だった。

彼ならきっと大丈夫だろう。ミチルは預かった原稿を、大切に抱え込んだ。

＊

佐久本に別れを告げ、帰路についたミチルはバスに揺られていた。
秋の収穫を控え、バスの車窓から見渡す限り広がる田園風景。
ミチルが多古町を訪れるようになって、一ヶ月が経とうとしていた。
これで見納めかと思うと、なんだか寂しさがこみ上げてきた。
ミチルは最終回の原稿を手に取って紙面をなぞる。
佐久本が紡いだ文字を、それに乗せられた想いを受け、ミチルの瞳から涙がこぼれた。
彼が出した答え。
口元を引き結ぶが、熱いものがこみ上げてくるのを抑えられなかった。
「お嬢ちゃん、大丈夫かい？」
バスに乗り合わせた老夫婦が心配そうに、顔を覗き込んでいる。
「大丈夫です。大丈夫です」
言葉とは裏腹に、ミチルの瞳から涙が止まることはなかった。

＊

会社へ戻ってきたミチルは、自分のデスクに戻るなり、佐久本の原稿を取りだした。そして一直線に浅草の元へ向かった。

「編集長。佐久本先生の最後の原稿、いただいてきました」

彼はパソコンの画面を見ながら、

「ん、お疲れ」

ミチルは、原稿を浅草のデスクに置いて言った。

「読んでみてもらえませんか？」

「メールで送っておいてくれるぅ？」

浅草は画面を見たまま、ミチルに一瞥（いちべつ）もくれなかった。

「よく書けてます」

「そりゃ良かった」

はい、話はおしまい。

ミチルにはそう言われているように聞こえた。

「主人公のゾンビは、フラれた恨みで復讐しようと彼女を追い詰めます。だけど、実は……それは復讐ではなくて、きちんと自分の言葉で愛を伝えようとしていた、というオチです」

「ゾンビに告られちゃうんだ」

「ちゃんと心を残していたんです」

「ん～」

浅草の煮え切らない態度に、憤りを覚えつつミチルは言った。

「あの、編集長。佐久本先生の新作、やらせてもらえませんか？」

「調子が整ったらね」

「調子は整っています」

浅草は、長ーいため息をついた。

「作家は、追い込んでひねり出すやつと、放っておいて出すやつの二種類がいる。佐久本勝はどっちだ？　担当するなら活かし方を考えろ」

ミチルは、口をつぐんだ。

三章　没落作家、猫のせいで廃業の危機？

あれだけ暑かった夏の日差しはだんだんと柔らかくなり、毎日少しずつではあったが影が伸びていった。自然の息遣いをすぐそばで感じ、猫を眺める古民家暮らしも早二ヶ月。多古町の色合いも、そこから一望できる山並みも温かみのある橙(だいだい)色に染まり始めた。

秋の訪れに少し肌寒さを覚えるようになったが、相変わらず庭先は猫たちで賑(にぎ)わっている。『ねこてちょう』もはやいもので二冊目になる。

秋風が吹きつけ、庭先はどこからか飛んできた落ち葉でいっぱいだ。

勝は竹箒(ぼうき)を手に、その落ち葉を集めるけれど、集めても集めても、またどこからともなく飛んでくる。山間に近い場所だしと、割り切っていた勝だったが、毎日この量となると少し滅入(めい)るものがある。

それでも、飽きずにできているのも、庭先に集まった猫のおかげだろう。

「よっこいせ」

集めた落ち葉を籠にいれると、そこへ猫が飛び込んでまた散らかす。シャン、と乾いた音をたてて籠へダイブ！

また集めないといけないいんだけど……。

「可愛いなー」

と、楽しそうに遊ぶ猫たちに微笑んでいると、珍しく来客があった。

「佐久本さん」

訪ねてきたのは猿渡だ。

「これは？」

庭先を見るなり、その変貌ぶりと猫の多さにびっくりしたのか、目をパチクリさせていた。この反応も久しぶりだな――と、思い返しながら、勝は答えた。

「ちょっと模様替え」

猿渡は小さく頷きながら、

「作家さんも創作意欲を高めるためにいろいろやるって聞きますけど」

激変した庭先を見て、猿渡は「なるほど、なるほどね」とつぶやいた。

彼女の顔には明らかな困惑の色が浮かんでいる。

「あれ、いいんですか」

目ざとく、縁側でのんびりと寝そべる三毛猫を見て、猿渡はたずねる。

羊クッションは、すっかり三毛猫のお気に入りスペースになっていた。

「あれは……創作意欲ってことで」

「なるほど、うん……なるほどね」

猿渡はピラミッドの中でくつろぐ猫に気付いて撫ではじめた。

「ところで今日はどうされたんですか？」

「あぁ、何かの手違いかもしれないんですけど、先月の家賃……残高不足で引き落としできなかったみたいなんです」

ギクッ——勝は頬をひきつらせた。

「口座とか変えられました？」

ついにこの時が来てしまったか。

打ち切りを告げられ、いずれこうなる日を迎えるのはわかっていた。

それが早くなるか、遅くなるかってだけで。

元々ギリギリでやって来たが、引っ越し費用もかかったために、金銭的な余裕はまったくなかった。引っ越して来たら猫のためにと更にお金が必要になった。

そこへ連載の打ち切りが追い打ちをかけ……。

勝は覚悟を決めて言った。

「実は……辞めたんです。小説書くの」

「えっ？」

「あぁ、その辞めた……っていうか、充電期間みたいな」

猿渡が驚いて固まった姿を見て、勝は取り繕うように言った。

「あぁ、そうでしたか……」

少し考え込んだ猿渡はしゃがんだまま言った。

「残念だなぁ」

猿渡の一言に、勝は「えっ」と反応する。

「楽しく読んでたんです、先生の連載」

猿渡は勝の隣に座ると、楽しそうに話しはじめた。

「直樹が、途中でほら、ゾンビになったじゃないですか。最初はあれ？　って思いながら読んでたんですけど」

猿渡は空を仰いでしみじみと続ける。

「最終回、ちょっとうるうるきました」

その言葉になんだか少し救われたような気がした。

面と向かって感想を貰うのも、初めてのことでちょっぴり照れくさい。

「新しい小説を書くために、身も心も休める。必要だと思います」

「ありがとうございます」

最初は個人情報の保護の面から、思うところもあったけれど……、理解のある人でよかった。安心した矢先。

「で、充電してる間、仕事どうされるんですか？」

勝がホッとするもつかの間。

「だって家賃を納めていただかないと困りますから……ねぇ」

「で、ですよね」

「ええ、世の中ってそういうもんですから」

さて、困った困った。

家賃滞納。

収入のあてはない。

乾いた笑みを浮かべつつ、勝は肝を冷やした。

金銭難……勝に過去最大級の危機がやってきた。

＊

勝は、いつものようにＣａｔオアシスを訪れていた。

引き落とし用の口座に家賃を入金してみたものの、貯金を切り崩して、あとどれだけ生活できるだろうか？

二ヶ月？

いや、そんな悠長なことは言っていられないのでは？

家賃以外にも光熱費、スマートフォンの利用料などなど、納めなければいけない費用は結構な額になりそうだった。これからのこともそうだが、まずは今日のこいつをどうするかだ。

勝は眉間に縦皺を作って、穴が開きそうなぐらい高級マグロ猫缶を睨みつけていた。

三個一パックで、千二百円。

缶を手にとって渋面を作った勝は、いろいろ考えた上で棚に戻した。

猫に買ってあげるどころか、自分が食べる分もままならない。

最初は気にしてなかったけど、一食あたり……自分の食費より高い？

悩みに悩んだ結果、ドライフードを手に取った時だった。

「どうしたの？」

「……はい？」

「いつもの高級マグロ猫缶じゃないから」

カウンターに立つ寺内の的確な指摘に、勝は返答に窮した。

「ちょっと、節約です」

「ふーん、まぁいいけど」

そう言った寺内は納得してはいないようだった。

ドライフードを選ぶ勝の元へ寄ってきて、寺内は心配そうに言った。

「ちゃんとご飯食べてるの？」

「食べるの、あんまり好きじゃないんで」

「ふーん、変わってるんだ」

「よく、そう言われます」

痩せ形だし、全体的に肉付きが悪いことは勝にも自覚があった。

風呂場で鏡の前に立つと、ひょろひょろすぎてがっくりすることもある。

「毎日、何してるの？」

うぐっ……勝は再び返答に困った。

原稿を書いていた時ならまだしも、現在は働いてすらいない。

そもそも作家だったことを話すつもりは毛頭ないのだが……。

「ね、猫眺め？」

自分で言っておいて、勝はダメージを受けていた。

苦し紛れの返答に、寺内は肩をすくめて苦笑する。

「うち、バイト募集してるよ？　やってみる？」

「えっ……」

勝の置かれた立場を知っているかのような、彼にとって願ってもない申し出だった。

とは言え……。

「あ、でも、接客とかは、ちょっと……」

正直、人と話すのは苦手なのだ。

それも人となりもわからない人を相手にして、ちゃんと話せるかどうかなど極めて怪しいものだ。作家として駆けだしの頃、担当編集と話ができるようになるまで、結構な時間がかかったことを思い出していた。

コミュニケーション能力は、主観的に見ても客観的に見ても低いと思う。

勝の心中をそっちのけで、寺内は言う。

「猫、好きなんでしょ？」

「好きですけど……それとこれとは」

言い訳をひねりだそうとする勝。

寺内は呆れるように言った。

「好きなことを仕事にできる人なんてそんなにいないんだよ」

「はぁ……」

寺内の言葉が、ぐさっと心に刺さる。

好きなことを仕事にできる人なんてそんなにいない。

小説家としてお話を書き、それを仕事としていた頃は考えもしなかった。

逃げ出したい一心だったが、こうして小説から身を引いて改めて実感する。

自分は恵まれた環境にあったのだと。

「仕事上がりの一杯は最高だって言うでしょ。バイト明けの猫眺めもいいんじゃない？」

寺内の提案は、確かに魅力的だった。

仕事を終えて、縁側でビールを片手に猫を眺める。

想像した勝はにやりと笑った。

案外、悪くないんじゃないか？

パチン——寺内は勝の眼前で手を叩いて言った。

「はい、今から働く。そこら辺、掃(は)いといて」

若干、妄想に浸っていた勝は、驚きに目を見開いた。

「い、い、今からですか⁉」

「そう！」

寺内は勝の返事も聞かずに、店の奥に入っていく。

呼び止める暇もなかった。

店内に残された勝は、突然の展開に頭が追い付いていなかった。

「い、今から、今からはちょ、えっ、心の準備が……ぁっ、その、ちょ……」

呂律(ろれつ)も回らないほど動揺してしまった。

満面の笑みで戻ってきた彼女の手には、本当に箒が握られていた。

「はい、頑張って」

冗談かと思ったら、寺内は本気だった。
思わず口走りそうになるも、なんとか言葉を呑みこみ、
「頑張ってって……」
勝からドライフードを取りあげた寺内はにっこりと笑っている。
この顔、本気だ。
「ほんとですか？」
半信半疑にたずねる勝。
彼女はニコニコと満面の笑みを浮かべている。
その笑顔には……有無を言わせない迫力があった。
箒を受け取り、渋々と店外に向かう勝、足取りは重い。
NOとはっきり言えない現代人。
ほんの少しだけ、サラリーマンの気持ちがわかったような気がした。

＊

佐久本勝、三十五歳。

この年になって、初めて接客業に挑戦することになった。

エプロンを身に着けた勝は、レジの前に呆然と突っ立っていた。

緊張のあまり、表情が強張っている。

生まれてこのかた、レジ打ちなんてしたことがない。

いきなりの展開に、寺内に抗議したが彼女は取り合ってくれなかった。

「案外、似合うんじゃない？」

などと、勝を冷やかした寺内は、ショップ内で猫のトリミング中だった。

しかし、寺内の腕前はすごかった。素人目に見ても、それは明らかだった。

不慣れな場所に気が立っていた猫を、寺内は手早い動作であっという間に落ち着かせた。優しく、包み込むように抱き上げると、そのまますんなりと作業台に乗せた。撫ではじめると、猫はすっかり大人しくなっている。

勝はちょっとした魔法を見た気分になった。

寺内が櫛で梳(と)かすたびに、猫は気持ちよさそうに目を細める。

うん、可愛い。

聞くところによると寺内洋子は、ここＣａｔオアシスの店長でありオーナーだそうだ。

それなら横暴な人事も納得できるものだが……。

強引に人前に出された勝としては、何とも言えない心境に駆られる。

人見知りに、接客業は酷な話だ。

心が休まるのは猫を見ている時だけだ。

勝は小さく嘆息をもらした。

訪れた予約のお客さんから「あら、新しい方？」とたずねられた。

「ち、違うんですよ。えっと、僕はですねっ!?!?」

しどろもどろになりつつも、勝が答えようとすると、寺内から背中を思いっきり抓（つね）られた。

「新しく入ってくれることになったバイトの人なんですよ」

「あら、そうなの。これからよろしくね」

と、外堀をがっつりと埋められてしまった。

しかも田舎ネットワークの情報網は早いようで……。

女性って怖い。

そんなこんなで、レジに立った勝は、寺内のトリミングが早く終わるのを祈っていた。

だが、来るな、来るなと思っている時に限って人はやってくる。

運命とは時に残酷なものだった。

＊

カランカランと入り口のベルが鳴ると、二十代ぐらいの女性客がやってきた。

店内で猫缶を見つけると、真剣な表情でラベルを見比べる。

小首を傾げた彼女は、

「すいません、猫のエサなんですけど」

この時、勝の緊張は最高点に達した。

「あっ……はい」

勝はトリミング中の寺内に助けを求めた。

「アンタがやりなさい」

寺内は顎をしゃくって、視線で語った。

逃げ道はない。

やむを得ない……勝は渋々とレジから離れる。

「っ……」

覚悟を決めて女性客の元へ行こうとした勝だったが、緊張感に耐えきれず五秒ももたずにUターン。

レジに戻るどころか、バックヤードまで戻る始末だ。

やっぱり自分には接客業なんて無理だ。

ただでさえ人見知りのうえに、相手は若い女性客。

絶対に無理。

ホント無理。

恥ずかしくてできっこない！

背後から首根っこを力強く摑まれた。

寺内だ。

勝の挙動に気付いたらしい。

鬼のような形相の彼女は、眉間に縦皺を作りながら叱った。

「……お客さん放っておいて、何やってんの？」

「で、でも……」

問答無用。

勝は首に添えられた掌に、グッと力がこもるのを感じた。

「誰だって最初は初めてなんだから」

「そ、そうは言いますけど」

「何事も経験よ、経験」

バックヤードから悪さをした猫のように連れ出され、勝は退路を断たれた。

勝は女性客の元へ、諦めるようにして近づいた。

その様子の一部始終を見守っていた女性客はおそるおそるたずねた。

「あの、猫のエサなんですけど」

「あっ、はい」

「こういうドライフードをあげればいいんですか？」

そう言った彼女は右手にドライフード、左手に猫缶を手にし、陳列棚と見比べている。

自分も一度は通った道だな――と、ちょっとだけ昔を懐かしむ。いや、昔なんてものじゃないが。ともあれ彼女の話を聞かないことに、アドバイスなんてできるはずもない。勝は、

「今は何を？」

「にぼしが好きなので、それだけで」

「にぼし、ですか……」

エサとして、決してにぼしが悪いわけではない。

問題は与え方だ。

勝が渋い反応をしたためか、女性客はほんの少しだけ不安そうにしていた。

「はい。にぼし好きですよね、猫」

「そうなんですけど、にぼしはマグネシウムが多いんで、あんまり食べすぎると泌尿器系（ひにょうきけい）の病気になりやすいんです」

「えっ？」

彼女はまったく知らなかったようだ。

そのリアクションを見て、勝は思い当たる食材があった。

「もしかしたら……牛乳とかあげたりしてませんか？」

「うちの子、大好きですけど」

予想的中。

お手軽に準備できるだけに、猫ビギナーがやりがちな失敗だ。

「牛乳は消化しにくいんです。猫用のミルクにしてあげた方がいいですよ」

猫によっては、牛乳に含まれる乳糖を分解できずに、下痢や軟便を引き起こすこともある。勝も庭先でエサを置いておくようになってから、いろいろ調べたりして覚えたことだったけれども。

「あの、他には？」

すぐに答えず、考え込む勝。

安易に手に入り、人の食卓にも並びやすい食材。それに加えて、猫に与えてはいけない食材にはどんなものがあるのか？

「最悪なのはネギ。赤血球を溶かしてしまいます」

「な、なるほど」

女性客は何度も頷き、感心しているようだ。

他にも誤解されがちなのがイカやタコ、青魚などの魚介類だ。これらは猫は好むが与える時には加熱が必要だ。

最低限の加工処理を施されているならまだしも、猫の食事にもしっかりとしたバランスが必要だ。偏った食事は思わぬところで、病気や生活習慣病を引き起こす可能性がある。

これも猫を眺めはじめてから、勉強して知ったことだった。

「ちょっとエサを選んでもらっていいですか？」

「わ、わかりました」

説明を終えた勝は、棚から猫缶を手に取った。

高級マグロ猫缶は、Ｃａｔオアシスが取り扱うキャットフードの中で、猫が一番喜ぶものだった。あんまりガツガツと美味そうに食べるものだから、勝も出来心で一掬(ひとすく)いしたことがある。驚くことに人間が食べても美味しかった。

勝は迷うことなくおすすめのエサを選び、レジへと向かった。

「こちらへどうぞ」

最初は女性客も、おどおどとする勝に不安そうな表情を浮かべていたが、エサの解説を受けて評価が変わったらしい。ほんの少しだけ、勝に向ける視線が違ってきたようだった。

勝はそのことにまったく気付けなかった。

緊張のあまり、胃がひっくり返りそうになっていた。

クレームにならずにすんだとホッと胸をなで下ろす。

だが、一難去ってまた一難。

「あ、あの……て、寺内さん？」

寺内は、しどろもどろで接客する勝を見て、ただにっこりと笑っている。

助け船を出すつもりはないらしい。

「このレジってどうやって使うんでしたっけ？」

レクチャーを受けたばかりのレジを前に、勝は右往左往するのだった。

*

本日、最後の予約客を見送ると客足が途絶えた。

勝がトリミング部屋を掃き掃除していると、寺内が驚いた口調で言った。

「あら、もうこんな時間？」

その言葉に、勝も時計を見やった。

本当だ。時計の針は夕方に差し掛かっている。

「もう、そんな時間ですか」

勝はぼやいた。率直な感想だった。

寺内は、身体を伸ばしながら言った。

「じゃあ、今日はお疲れ！　そろそろ上がって大丈夫よ」

「あっ、はい」

勝は成り行きとはいえ、ほぼ一日Ｃａｔオアシスで働いた。

終わりと言われて一安心。

勝が安堵の息をもらすと、掃除用具を取り出してきた寺内がたずねた。

「どうだった？」

「た、大変でした。まだちょっと足が震えてます」

「そう」

寺内はどこか嬉しそうに笑った。

彼女は疲れを感じさせない足取りで、トリミング用の道具をテキパキと片づけていく。

「あっ、そうだ。この後って急いだりする？」

「いや、特には……」

「なら、ちょっとそこの椅子に座って待っててくれる？　すぐに済むから」

そう言うと、寺内は店の奥に姿を消した。

強引な人だな。勝は苦笑を浮かべる。

それと同時に、パワフルな人だな、という印象を強めた。

有無を言わせぬ物言いに、最初は勝も怖じ気づいた。

だが、終わってみると寺内は面倒見がいい人だとわかる。

勧められたまま、勝は待合用の椅子に腰をかけてエプロンを外した。

「つ、疲れた」

精神的な疲弊は身体にも現れるらしい。

椅子に腰を下ろすと、全身で感じる疲労感。

しかし、意外と嫌な感覚ではなかった。

程なくして店の奥から寺内が戻ってきた。「はいっ」と勝にビニール袋を差し出した。

「とりあえず、今日のお礼」

中身を覗くと……。

「あの、これは？」

「猫缶よ、猫缶」

袋には他にも猫用のお菓子が入っている。

「い、いいんですか？」

「ちょうど商品入れ替えで処分しようと思ってたものだから」

寺内は「古いのでごめんね」と申し訳なさそうに言った。

「それに猫のエサ、困ってたんでしょ？」

寺内に心中を指摘され、勝は頬をかいた。

「そ、それじゃ遠慮なく」

「仕事終わりの猫眺め、楽しめるといいわね」

「あ、ありがとうございます」

勝は深々と頭を下げた。

「それと明日も大丈夫？」

トリミング室の片づけを再開していた寺内は、顔をひょっこり出して勝にたずねた。

面食らった勝は、ほんの少し考える素振りを見せるも、答えは出ているようなものだった。

「は、はい。よろしくお願いします」

「そっ、じゃあ私もいろいろ準備しておくわね」

ニッと笑って、寺内はトリミング室へ戻っていった。

「それじゃ、今日はお疲れさま」

ヒラヒラと手を振る寺内の背中に、勝は再度頭を下げた。

「お、お疲れさまでした」

*

Ｃａｔオアシスからの帰り道、勝は商店街に立ち寄った。

自転車の前籠には、三五〇㎖の缶ビールと刺身マグロを一パック、それと寺内から貰った猫用のエサにお菓子だ。

思わず頰が緩んでしまう。

あの子たちは喜んでくれるだろうか？

夢中になってエサを頰張る猫たちを思い浮かべるだけで、自然とペダルを踏む足に力が入った。自転車はぐんぐんとスピードをあげた。道端の小石を踏んで前輪が弾むと、勝の心も一緒に弾んだ。勝は達成感を覚えていた。自宅まで続く道のりが、これほど楽しくなるなんて思いもしなかった。

勝はあかね色に染まりゆく空を見上げ、黄金色の田んぼ道を駆け抜けた。

＊

木枯らしに揺れる雑木林をすり抜け、自宅へ戻ってきた勝は、音を立てないよう慎重に自転車から降りると、忍び足で庭先を覗き込んだ。

いやぁ、やっぱりほっこりするな。勝は顔がにやけるのを必死に堪えた。

彼らの姿を是非とも写真に収めたい。

ボールを弾いて追いかけっこ。

成猫に負けじとアスレチックタワーに挑戦する子猫。

クッションに寝そべり、うとうととする子。

麻の籠の中では、身を寄せ合って猫団子ができていた。

家主が居ようが居まいが、彼らのふるまいは変わらないだろう。

その様子がおかしくて、どこか愛おしい。

物音に気付いたのか、黒猫の耳がピンと立った。

「にゃぁー」

くるっと玄関先を見た黒猫は鳴き声をあげる。

それでバレてしまったらしい。

すやすやと寝息をたてる猫たちも起きてしまったようだ。

残念。

気付かれてしまってはしょうがない。

「ただーいま」

言葉の意味を理解してなどいないと思うが、庭先の猫たちは鳴いて出迎えてくれる。

それだけで、たったそれだけのことが勝の心を温かくさせた。

＊

次の日から、勝はＣａｔオアシスへ通うようになった。

これまでも通っていたわけだが、お客としてではなくアルバイトとして。

多古町にもペットショップはあるものの、猫専門のペットサロンとなるとこの近辺だと珍しい。そんな店にいつの間にか男性店員が増えた。

田舎の情報網は早かった。

ましてや、お店の常連は猫を飼っている同士、交友もあるわけで……

勝を見ては「あら、本当」と、声を出すお客が何人も。

そして思った以上に、Ｃａｔオアシスは慌ただしい。

「佐久本君、次のご予約って何時から？」

「確認するんで、ちょっと待ってくださいねー」

受付脇の予約表を確認。

「十五時からです」

「はーい、ありがとー」

お客の入りにムラはあるが、そこそこ繁盛している店のようだ。

その分、お客の対応をする回数が増え、ただでさえ少ない勝の精神力をごりごりと削る。

勝は生活のため、何より猫のためにと仕事に励んだ。

その真面目さと誠実さは、仕事ぶりにも反映される。

だが、その弊害(へいがい)もあった。

「佐久本君はアレね」

客足が途絶えた頃合い。

受付台に頬杖をつきながら寺内が言った。

「アレ……と、言いますと?」

「構えすぎ」

ギクリ――勝の手がピタッと止まる。

寺内は少し呆れ顔で続けた。

「リラックスよ、リラックス。あんなにがちこちな接客じゃ、お客さんも猫ちゃんだって緊張しちゃうでしょ?」

「そうは言っても……」

勝は困り顔で応えた。

「ほら、肩肘張らない」

「あ、頭ではわかってるんですけど……」

勝は反省するように、背中を丸めた。

そもそも人見知りをする人間が一日や二日で、人懐こくなどできるわけがない。

そう進言したものの、

「できないものはできない、そのうちできるようになればいいの」

勝からしてみれば、初対面のお客を相手にして会話が続いていること自体が驚きなのに。

「とりあえず、猫相手は大丈夫なんだから、あとは対人。練習あるのみね」

寺内は励ますように、勝の肩を軽く叩くと、店の奥へと姿を消した。

その優しさが、逆に辛い。

店内に残された勝は、吐息を一つつく。

寺内の言うとおりだった。

ちゃんとやろう、ちゃんとやろう。

その意志だけが先走りすぎて空回りしてしまっていた。

いざ本番を迎えると緊張で声は上ずるし、言葉にしようとすると焦る。結果的に呂律が回らなくなるのだ。言葉遣いまでおかしくなって、恥をかいたこともしばしば。

加えて質問された時の受け答えも課題の一つだ。

初日にあれだけ話せれば……と、一時は自信もついたような気がしたが、甘い考えだった。

専門知識がないと答えられない問い合わせとなると、目も当てられない。

この悪循環。早いところで何とかしなければ……。

勝が変わるためにできることは、回数をこなすこと。

まずは経験を積んで、人と話すことに慣れるしかないのだろう。

「猫が相手ならなぁ……」

寺内ほど上手にできなくとも、猫相手ならばなんとかできそうな気がする。

根拠のない自信。

だが、当面は対人関係。

問題は山積みである。

*

「い、いらっしゃいませ」

勝は不器用なりに笑顔を作る。

「ほ、本日はどういったご用件でしょうか？」

バイトから帰ってきた勝は、居間で接客の自主練中だった。

とはいえ、接客の練習相手は集まってくれた猫だ。

キャットタワーに横になっている三毛猫は、しっぽを「したんしたん」と揺らしている。

猫にも表情はあるもので、まん丸とした瞳は不思議そうに勝を見つめていた。

のんびりきままなお客猫を相手に、勝はもふもふしたい衝動をこらえて続ける。

「新しいオモチャをお探しですか？　でしたら、この新作猫じゃらしのトンボくんはどうですか？」

取り出したのはここ最近、発売されたトンボくんだ。

「光る翅（はね）が動くたびに乱反射、シャカシャカと音が鳴るので、猫ちゃんもきっと夢中に！」

ここで実演！

勝が目の前で揺らしてみるも、三毛猫はあまり興味を示さなかった。

どうやら、今は遊ぶ気分ではないらしい。

三毛猫は「くぁ～」と、大きく欠伸（あくび）をすると、そのまま寝入ってしまった。

勝の足下をボールが転がり、猫たちがすごい勢いで走り抜けていく。

「……何やってんだろ」

我に返った勝は、がっくりと項垂（うなだ）れた。

「しかもこれってなんか、求められている接客と違う気がする」

全身から力が抜けて、ぶらんと両手を下げる。
そうすると、横から三毛猫がトンボくんをかっさらっていった。
「あっ、こら！」
夢中になってじゃれつくものだから、数匹で取り合いになってしまった。
確かに音に反応して、みんな一斉に興味を示している。
これは案外、いいかもしれない。
勝は猫たちからトンボくんを奪い返すと、一緒になって遊びはじめた。
全身を使ってジャンプし、捕まえようと猫パンチ。
目をランランとさせて、飛びつく前にはお尻をフリフリ。
これだけ楽しそうにしている猫たちを見ていると、ほんと癒やされる。
勝は時間を忘れて、猫たちと遊んでいると、ハッと我に返った。
本来の目的を忘れているじゃないか！
「こんなん役に立つのか？」
自問自答。
まぁ、やらないよりはマシだろう。
「い、いらっしゃいませ！」

一人、猫を相手に接客練習をする勝。

夜が更けていった。

＊

それから数日後のことだった。

トリミングが終わるのを待っていた女性客が店内を見回して、

「猫のオモチャっていっぱいあるのね」

と、何気なくつぶやいた。

ちょうどお茶を出していた勝は、

「い、いつもどんなオモチャで遊んでいるんですか？」

「えっ……そうね。猫じゃらしかしら？」

お茶を出されて、どうもと会釈した女性客は、頬に手をあてながら言った。

その視線の先には、寺内のブラッシングを受けて、気持ちよさそうにしている飼い猫の姿があった。

「うちの子、猫じゃらしで遊んでもあんまり反応してくれないのよね」

飼い主さんはちょっと残念そうに話す。

「猫にも個体差がありますからね。もちろん、オモチャの好みも違いますし」

「あら、そうなの？」

「えぇ、僕もこの前まではわからなかったんですけど、いろいろ使ってみると猫の個性が見えてきて楽しいんですよ」

そう言って勝は店内を見回す。

「例えば、これとかどうです？」

勝は、壁にかけられた一本の猫じゃらしを手に取った。

普通のものと大差ないように見える。

「この猫じゃらしなんですけど」

女性客は興味津々といった様子で、勝の説明に耳を傾けた。

飼い主だって、猫と遊びたい時もあるのだ。

「これ、猫の狩猟本能を刺激してあげるオモチャになってて」

鳥の羽を模した猫じゃらし。作りが精巧で本物そっくりだ。

猫によってはそれこそ、豹変(ひょうへん)するぐらい反応してみせる。

「あと、これなんか僕も家で使ってるんですけど、食いつきがすごいですよ？」

トンボくんだ。

購入して数日だったが、既にぼろぼろになっていた。

勝がスマートフォンで撮った写真を見せて説明すると、女性客は納得したように頷いていた。

「へぇ～、他におすすめはあるかしら？」

「一人遊びが多いようだったら、このけりぐるみとかもおすすめですね」

シミュレーションしていたおかげか、それなりの手応えを覚えつつあった。

＊

「あ、ありがとうございました！」

見送りを済ませて、店内に戻ると珍獣を見るような目で、寺内が出迎えた。

寺内の表情に勝が逆に驚かされる。

「ど、どうしました？」

「いや、別に」

彼女はかぶりをふって、すぐに仕事に戻った。

「それとこの後、すぐにお客さん来ると思うから、準備よろしくね」

と言って寺内は、下唇に指を当てながら難しい顔になる。

「あとね、そこの猫ちゃん。ちょっと神経質だから、驚かせないようにね」

その時、ちょうど店の電話が鳴った。

「はい、お電話ありがとうございます。Ｃａｔオアシスでございます」

まったく声の質が変わる。電話口になると、この口調の変わりようだ。

この切り替えって案外すごいスキルだよな。

などと、感想を抱いていると、駐車場に一台の車が止まった。

車を降りてやって来たのは、寺内が言う予約のお客さんだった。

「ごめんください。トリミングの予約をしていたんですけど」

「あっ、はい。お待ちしておりました」

答えて、勝は横目で寺内を見た。

彼女はまだ電話対応中だ。

「これから娘を迎えに行くことになりまして、お預けしても大丈夫ですか？」

寺内はまだ時間が掛かりそうだ。

「それじゃ、猫ちゃんをお預かりしますね」

寺内から視線で、猫を預かるように指示される。

主人に抱かれていた猫は、何かを察したのか、目を大きく見開いて暴れだした。

主人の手から離れ、お店の隅っこに隠れてしまった。

「あっ、すいません。うちの子、いつもこうなんですよ」

「ま、まかせてください。大丈夫ですから」

部屋の隅、テーブルの下に潜り込んだ猫に手を伸ばすと、

「っ！」

爪先が勝の指をかすめた。

シャーと警戒して牙（きば）を見せたが、勝は改めて手を伸ばす。

「大丈夫だよ、大丈夫」

驚かせないよう猫の鼻先に指をゆっくりと近づける。

僕は敵じゃないよ。

危害を加えないよ。

安心して大丈夫だよ。

猫がこうして攻撃的になるのは、不安や恐怖を感じる時だ。

「ねっ、いい子だから」

辛抱強く待った。

勝の指先を嗅いでいた猫は、大人しくなってのそのそと出てきた。

「よーし、いい子いい子」

そうして猫を無事に抱きかかえると、安堵の息をもらした。

*

勝は意気揚々と帰宅した。

寺内から仕事振りを褒(ほ)められたのが要因だった。

猫に引っかかれた勝の指先を消毒しつつ、「やるじゃない」と彼女は言った。

その一言だけで、なんだかもう嬉しかった。

褒められるのは、大人になってから久しくされていないかも。

どれだけ歳をとっても、人に何か認められるのはすごく嬉しいものだと再確認できた。

それもこれも彼らのおかげだ。

「今日は奮発して、高級マグロ猫缶だぞ～」

カランカランと銀皿が音を立てる。

どこからともなく猫がやってくると、みんな尻尾をピンと立てていた。

「ほんとエサの時だけは素直だよな」

とはいえ、それも猫の愛嬌だろう。

皿を横一列に並べて、ご飯に夢中になっている姿は、なんだかこう……胸にときめくものがある。中にはがっついて食べるせいか、お皿と一緒に体が前に前にと歩いて行っちゃう子もいる。

ビールを片手に、縁側の猫たちを眺める。

ほんの少しだけど、自信が持てるようになった。

ふいに手応えが違ってきたのを実感するようになったのは、猫たちを相手に接客練習をはじめて数日が経ってから。

結局、自分は人と話す回数が極端に少なかったのだと思い知った。

しっかりと声に出し、まだまともに見られないけど人の顔を見て話す。

たったそれだけで、仕事ががぜん楽しくなってきた。

勝はガツガツとエサに夢中になる彼らをひと撫ですると、ビール缶を呷ったのだった。

*

翌日。
勝は早朝、目を覚ました。
目覚ましが鳴るまで、時間はたっぷりある。
今朝はずいぶんと冷え込みがきつい。
縁側の窓が、薄らと白みがかっているような気がする。
いつものように戸を開けると、うんと冷えた空気が家の中に入り込んできた。
ぶるっと身震いすると、これは嫌でも目が覚める。
「っ～～～いきなり冷えてきたなぁ」
それは冬の到来を間近に感じさせるものだった。
と、勝はそこであるものに気付いた。
「なんだこれ？」
縁側の靴脱ぎ石のところに、何かが置いてあった。
よく見ると、縁側から死角となるところに、同じようなものがいくつか置いてある。

ふと、視線をあげると玄関先に三毛猫が佇んでいた。

のそのそと歩いてくると、くわえていた鳥の羽をペッと置いていく。

勝にはその意図がわからなかったが、それは猫から勝を労う贈り物だった。

四章　押し入れに住む思い出の猫

十二月になり、寒さは厳しさを増していた。

勝が暮らす古民家にも、冬の洗礼がやってきた。

年季が入っているせいか、襖から、窓から、玄関から、どこからともなく隙間風が忍び込むようになった。これは都内の生活では考えられないものだった。

室内外の温度差はあってないようなものだ。

布団のなかで目を覚ますと、部屋の空気の澄み切りっぷりがよくわかる。

マンション生活ではエアコンのタイマーをつければ、朝は問題なく起きることができるし、快適に過ごせるわけだが、ここではそういうわけにもいかなかった。

勝は納屋にしまってあった炬燵(こたつ)と、ストーブを取り出して、防寒対策に半纏(はんてん)を買ってきた。他にも裏起毛(うらきもう)の服まで揃えた。これがないと冬を越すのはなかなか厳しそうだった。

暖房を出すとそれは専ら、猫専用になっていたが……暖房をぬくぬくとありがたがるのは、人も猫も一緒のようだ。狭い場所に潜り込み、身を寄せ合って丸まっている。

土鍋にぎゅうぎゅう詰めになる姿は、文字通りの猫鍋だ。

庭先を駆け回っていた光景がどこか懐かしい。猫たちが団子になって丸まっている様子は悶絶(もんぜつ)してしまうほどの愛くるしさがあった。

猫たちをニマニマとしながら眺め、その傍らでテレビを見ながら晩酌する日々。

なかなか乙なものだった。

こうして冬の寒さが深まり、年末が近づくにつれて、テレビ番組が徐々に趣を変えてくるようになった。

一夜限りの特別企画や番組の告知が、ＣＭで流れるようになる。

勝は何気なく見ていたテレビ画面に、目を奪われた。

二日連続放送。

北風裕也原作『ＰＯＰ Ｓｔａｒ』、その前章となるドラマが放送されるそうだ。

しかもゴールデンタイムだ。

相変わらずすごいなーと感想を抱きながら、テレビの電源を消した。

＊

「ありがとうございました。メリークリスマス！」

本日最後のお客さんを見送り、勝はふと空を見上げた。

雪がちらついている。

今晩は雪が降るかもしれないと言っていた天気予報、どうやら当たりのようだ。

多古町には朝晩で冷え込んだ山の空気が流れ込むようになった。

時には土手に霜が降り、時折吹き付ける風は、顔に針を刺すように痛かったりする。冬の到来をきっかけに商店街はイルミネーションで彩られ、ここＣａｔオアシスも店内はクリスマス一色だった。

今年はホワイトクリスマスか……。

吐く息が真っ白になり、呼吸をすると身体の中が澄み切るような気がした。

思わず身震いした勝は、お客の姿が見えなくなったことを確認し、急いで店内に戻った。

「いやぁ、今日も冷えますね。雪、降ってきちゃいましたよ」

「佐久本君、眼鏡、眼鏡」

「あっ、ほんとだ」

「いやでも外の寒さがわかるわ」

室内外の温度差で、勝の眼鏡は白く曇る。

「早くおこたでのんびりしたいわ」

寺内は二の腕辺りをさすり、店じまいの準備をはじめた。

勝も閉店作業に取りかかった。

いつもよりちょっと早い時間だが、もう来店はないだろう。

外はもう真っ暗だし、雪も降りはじめた。それに今日はクリスマスイブだ。

ここで働くようになってからしばらく経った。

人との会話にもようやく慣れてきたし、なにより猫とふれあえる仕事は楽しい。

苦労も絶えないが、その分得るものも多い。

接客も改善の余地を山ほど残しているが、続けることができるのも、「猫がいる」という心の支えがあってのことだった。

*

「お先、戸締まり頼んだわよ」

「あ、お疲れさまでした」

身支度を済ませてコートを羽織った寺内。

店の奥から出てきた彼女を見送り、勝はいつも棚と商品の整理をしてから帰るようにしていた。そのため、ここ最近は勝が施錠を任されることが増えている。

入り口の取っ手に手をかけた寺内は、ピタッと足を止めた。

「佐久本くん、たまには早く帰ったら？」

寺内は気を使ってくれているのだろう、と勝にはすぐにわかった。

おおざっぱな物言いとか、ときたま無茶苦茶なことを言ったりする寺内だったが、その表情にはほんの少しの申し訳なさが滲んでいる。

「でも、もうちょっとだけ片づけやって帰ります」

寺内は「ふ～ん」と何かもの問いたげな様子で勝を見つめていたが、丁寧に整頓された陳列棚を眺めながら、

「まぁ、私も毎晩飲めてラッキーなんだけどね」

二人は顔を見合わせて、気まずそうに苦笑する。

勝は程なくして作業を再開した。

商品の売れ行きや備品のチェックは欠かせない。商品の発注の時も、不良在庫を抱えないように調整する。大ざっぱな寺内はこの手の仕事が苦手なようだった。

最近、入荷したグッズで面白そうなものは実際に試してみたりもする。

「あのさ、仕事の方はいいの？」

「えっ？」

不思議そうな顔で応えると、寺内はバッグから一冊の本を取り出した。

「見つけちゃって……」

「あっ」

勝のデビュー作『ゆりかご』だ。

「あとちょっとでラスト。すごくいい」

寺内は、珍しく上ずった声でそう言った。

勝は久しく感じていなかった嬉しさで、思わず口元を綻(ほころ)ばせた。

「すいません。買ってくれたんですか？」

心の中にぽっと、灯りがともったような気持ちになった。

それも寺内の言葉が、お世辞ではなく本心に聞こえたためだろう。

「買ってない。図書館」

彼女は本の背表紙を見せた。本の蔵書管理用のバーコードが貼ってあった。

「いや、でも嬉しいです」

自分の本を誰かが手にとって読んでくれる。

素直に嬉しい。

執筆から少し身を引いていても、この感覚は久しぶりだった。

「これって佐久本君のルーツなんでしょ？　少年時代とか」

「ご想像に、お任せします」

ページをめくる寺内は穏やかな笑みを浮かべた。

デビュー作を読んで貰い、くすぐったい感じがした。

「子どもの頃から好きだったんだ、猫」

「えっ？」

勝の口から疑問がこぼれた。

寺内が抱える『ゆりかご』を見て、勝は息を呑んだ。

彼女はそれをどう解釈したか、微笑みながら言った。

「だって出てくるじゃん、少しだけど」

勝は口をつぐんだ。

そうだったっけ？　思い返す勝だったが、これを書いたのはずいぶんと過去の話だ。

頭に靄(もや)が掛かったように、ぼやけて思い出せなかった。

渋面を作る勝に、寺内は言った。

「まだ諦めてないんでしょ？　こっちも」

「ま、まぁ……」

勝は曖昧な返事しかできなかった。

「ん〜……が、頑張れ！」

寺内の不器用な激励が、勝には純粋に嬉しかった。

「じゃあ、お疲れ」

寺内はカラッとした笑みを浮かべてそそくさと帰っていった。


一人、取り残された店内。

一瞬で訪れた静寂。

勝が物思いに耽るには充分すぎる時間だった。

寺内の「諦めてないんでしょ?」という言葉が引っかかる。

心が落ち着きなくざわついた。


連載を終えて、数ヶ月が経った。

時間に追われることもなく、作品作りに向き合える環境を作った。

猫との暮らしや、はじめたばかりのバイトもあって、小説にまで気が回っていなかった。

それと同時に、彼女の指摘が気になっていた。

少年時代、僕の作品のルーツ……勝は胸中でぼやいた。


ガタン!! 扉が音をたてて開いた。

突然の物音に、勝は何事かと驚くと、店を出て行ったはずの寺内の姿があった。

彼女はバタバタと戻ってきて、レジの前まで駆け寄ってくると勢いあまって前のめり。普段の彼女からは想像できない慌てように、勝は思わず身構えてしまった。

「は、はい？」

寺内は意味ありげに目を細めると、ふふふと含み笑いした。

彼女は言葉にはせず、勢いよくうしろを振り向いてみせた。

勝もそれに倣って、寺内の肩越しに入り口を見やる。

「あっ」

勝は驚きに声をもらす。

そこにひょこっと顔を覗かせたのは、十和田ミチルだった。店内に勝が居るのを見つけると、ガラス越しに彼女はヒラヒラと手を振っている。

勝の脳裏に疑問符がいくつも浮かんだ。

なんで彼女がこんなところに？

連載が終わってから、音沙汰がなかった彼女の到来は、勝を困惑させるには充分だった。

一方、その様子をニヤニヤと笑って窺っていた寺内は、勝を見て小指を立てた。

そのジェスチャーが意味することは……。

頭と頰がカッと熱くなった。

勝は力強く、首を左右に振って否定する。

だが、寺内は、それは照れ隠し——と、取ったのだろう。

にんまりと笑いながらわかっていると頷く寺内に、勝は不安しか覚えない。

寺内はヒラヒラと手を振りながら、一歩ずつ距離を取っていく。抑えきれなくなったのか笑い出した彼女は「ごゆっくり」と勝を応援しているようだった。

勝は確信した。あれは絶対にわかっていない！

後日、根掘り葉掘り聞き出そうと期待している顔だった。

弁解する間も与えず、寺内は逃げるように店内を後にしてしまった。

「お久しぶりです」

「こ、こんばんは」

彼女と入れ違いで入ってきた十和田は、ぺこりと頭を下げた。

「ちょっと、いいですか？」

「はい。片づけるのにもう少し……時間掛かりますけど」

「構いません。待つのには仕事柄、慣れてますから」

十和田はにっこりと笑う。

「そ、その節はどうもすいません……」

「あっ、いやっ、責めてるつもりなんてなくてですね。その……ほら、先生のところは猫もいるし飽きなかったですから」

シュンと反省する勝と、慌てる十和田。

二人は顔を見合わせると、クスッと吹き出して小さく笑った。

＊

ただ待たせているのも悪いと思い、来客用の紅茶を準備していると、店内の猫グッズを見ていた十和田が、しみじみとつぶやいた。

「人ってきっかけなんですね」

「えっ？」

「ちょっとしたことで、人生って変わるんだなぁって」

そう言った十和田は、以前に比べて雰囲気がグッと柔らかくなった。

「あぁ、そうかもしれませんね」

自分のことを言われているんだろうか？

勝はその言葉を受け、静かに口を開く。

「どうぞ」

「あ、ありがとうございます」

十和田を席に案内すると、勝は自分のマグカップを取り出そうと背を向けた。

勝は妙な緊張を覚えていた。寺内が帰り際に見せていったあのジェスチャーのせいで、変に意識しているような気もする。

今日は店内に二人きりで、しかもクリスマスイブ。

なんだろう……落ち着かない。以前はこんなことなかったのに……。

そわそわする勝の心境など知る由もなく、席についた十和田は一時の沈黙を持って、ゆっくりと切り出した。

「私、休職すると思うんです」

「そう、なんですか？」

「まだ先の話なんですけど……」

突然の報告に、勝は動揺を隠せない。

「子どもが、生まれるんです」

勝の手がピタッと止まる。

子ども？　誰の？

子ども？　相手は？

「け、結婚されてたんですか!?」

驚きだった。

編集の仕事は時間も不規則で大変だろうに……。

一番、振り回した当人がそんなことを言う資格もない、と勝はちょっと反省するが。

とはいえ、勝が驚くのも当然だった。

十和田から、そんな空気というか、既婚者の気配なんてものはまったくといっていいほど感じられなかった。まとまった時間が取れない仕事をこなしつつ、プライベートでは結婚まで……。

結婚……結婚かぁ。

驚きと祝福の気持ちが湧き上がると同時に、何故か心の奥がチクッと痛くなった。

自分でも上手く説明できない複雑な心境だった。

「前から付き合っていた人は居たんですけど、なんかいまいち踏ん切りがつかなくて……」

十和田は柔和な微笑みを浮かべたまま、紅茶のティーバッグをくるくると回す。

「でも、なんか急に人生の分岐点が来ちゃいました」

勝の中で合点がいった。

十和田の雰囲気が変わったように感じられたのは間違いではなかった。

「それは、おめでとうございます」

「先生のせいですよ」

心から祝福したというのに、十和田はそんな返事をする。

そこはありがとうございます——とかじゃないの？

予想の斜め上辺りから飛んできた言葉に、目をぱちくりとさせた。

自分のせい？　なんで？

十和田は、驚きと問いかけを表情に出した勝を見て、クスッと笑った。そして湯気を立てるカップ越しに、

「猫と遊んでいる先生の笑顔を見て、先生がゾンビに愛の告白をさせて……まぁ、それで」

「それが……なんで僕のせいなんですか？」

勝は不思議に思いたずねる。

今の説明では、勝は自分がどこで影響を与えたのか、まったく理解できない。

十和田は「ん〜」と少し考え込む素振りを見せて言った。

「理屈じゃないんですけど、なんかそういう受け入れ態勢、作らされたかなーって」

十和田は恥ずかしそうに笑う。

彼女の様子を見ていた勝も、なんだかつられて恥ずかしくなった。

「人ってほんときっかけなんだなーって思いました。でも、それを摑める人と、摑めない人がいるんですね」

「そうなんですかねぇ」

勝はピンと来ていない。

でも、十和田はそれを摑めることができたらしい。

よくわからないけれど、勝は素直に、良かったと思う。

幸せそうに笑う十和田を見たら、なおさらのことだ。

「しばらくこれなくなりますけど」

そういった彼女は、ほんの少しだけ寂しそうな顔つきになった。

連載の仕事が終わって、もう声はかからないんじゃないだろうか。

勝の頭の片隅に不安があった。

でも、十和田から、そんな風に声をかけてもらえたことが嬉しかった。

繋がりが完全に絶たれたわけではない、その事実は勝を安心させた。

最後まで自分と向き合ってくれた十和田の言葉だから……それも理由の一つだった。

「また、復帰するんですよね？」

勝の問いに「そうですね」と、十和田は笑顔で返した。

良かった。勝は表情に出さないように、心の中で安堵した。

姿勢を正し、座り直した勝は真剣な面持ちで言った。

「いろいろありましたけど、十和田さんが担当で本当によかったと思っています」

それは嘘偽りのない、勝の本音だった。

「あの時、放っておかれたら……多分、自分を見失ったままだったんじゃないかって」

精神的に追いやられていたのが、ずいぶんと昔のことのように懐かしく思い出された。
どれだけ努力しても、誰からも認めてもらえない。
やさぐれて、自分だけが辛い思いをしているんだと思い込んでいた。
嫌になって、逃げ出して……いい歳にもなって、大人になれない現実逃避。
それでも十和田は見つけ出してくれた。
原稿を取りに来たと会いに来てくれた。
「なんとか続けましょうね」と励ましてくれた。
自分勝手に八つ当たりしたにもかかわらず、彼女は見放さないでくれた。
ただただ、ありがとう。
感謝の気持ちを覚えずにはいられない。
もっと言いたいことはいろいろあったが、勝は照れるように笑みを浮かべた。
すると、十和田は独白するように言った。
「私には……佐久本先生は欠かせないんです」
「大袈裟ですよ」
「いいえ」
十和田は謙遜する勝を、力強く否定する。

勝はこれまで見たことのない、彼女の強い意志を感じた。

「私は、いつも先生の本に背中を押されてきたんです」

そんなことを、十和田から聞いたのは初めてだった。

え、今頃になって？　とも思ったが、勝の胸の中で、熱量を持った感情が大きく渦を巻く。

「進学の時も、就職の時も、それに結婚の時も……」

当時のことを思い返しているのだろうか？

ほころびかけた桜のつぼみのように、彼女は笑いかける。

十和田がそう言うと、彼女のどこまでもまっすぐな視線が勝を見据える。

彼女は少し恥ずかしそうに続けた。

「私の人生の分岐点には、いつも先生がいたんです」

瞬間、勝は、目頭が熱くなるのを感じた。

初めてだった。

自分でも上手く言葉にできない、思わず泣き出しそうになった。

それを言葉にするのが、作家としての仕事なのに——勝は、あふれてくる気持ちを伝えられなかった。だから、せめて素直な感謝の意を示した。

「光栄です」

自分の書いた本が、誰かの背中を支えることができていた。

そんなこと思ってもみなかった。

今日だけで二人から、小説家としての自分に対して本当の声を聞くことができた。なんて恵まれた日なのだろうか。

勝はそれだけで心がいっぱいになった。

十和田は、深く頭を下げて言った。

「ありがとうございました」

感謝するのは、勝も一緒だ。

十和田が担当で本当に良かった。

勝が、改めて実感したところで、あることを思い出した。

「あ……十和田さん、一つ覚えてたら教えてくれますか？」

十和田は「はい」と返事をする。

もしかしたら、十和田ならわかるかもしれない。

質問の内容が間抜けっぽいので、勝は少し遠慮がちにたずねた。

「僕のデビュー作に、猫って出てきてましたか？」

勝の問いに、十和田は沈思黙考（ちんしもっこう）の表情になった。

一瞬、固まった彼女の表情は「何を言っているのかわからない」と物語っているように見えた。その反応を見て、勝はバツが悪そうに視線をそらす。

「お、覚えてないですよね」

「先生」

十和田は食い入るように見つめてくる。

勝は、怒られているような錯覚がして、シャンと背筋を伸ばした。

「覚えてないんですか？」

「……はい？」

不安げにたずねた勝に、

「一ページ目に出てきてます」

十和田はダメ出しするような口ぶりで言った。

「そうですか」

「いや、忘れてたんですか？」

その追及に、勝は肩をすくめて、恥ずかしそうに答えた。

つい先ほど、寺内に指摘されるまで完全に忘れていた。

「わ、忘れてました」

そう言うと、十和田は「ん〜」とちょっとだけ考え込んだ様子を見せて言った。

「いや、覚えてたんですよ」

勝は内心で首を傾げた。

本人が忘れていたと言っているのに、覚えていたとはどういうことか？

そんな困惑をする勝に、十和田は微笑んだまま続ける。

「だから今、ねこあつめやってるじゃないですか」

＊

十和田が乗ったバスを見送ると、勝は急いで自宅へ向かった。

イルミネーションに彩られる多古町商店街を駆け抜けた。

自転車のペダルを力強く踏んだ。
いてもたってもいられなかった。
確かめなきゃ、確かめなきゃ――心臓はいつになく早鐘を打って爆発しそうだ。
底冷えするような夜道を、両足と車輪が悲鳴を上げて駆けていく。

*

帰宅するなり、荷物を居間に放り投げ、押し入れから箱を引っ張り出した。
マンションで荷造りをして封をしたままだった。
記憶が正しければ……確か、この箱に入れたはずだ。
箱を漁り、中身を取り出していると、手が止まった。
『ゆりかご』はそこにあった。

捜し物は箱の奥底で、息を潜めるように眠っていた。
壊れ物を扱うような優しい手つきで、勝は本を掬い上げた。
勝はページをめくった。

＊

寝る子は育つと言われ、あの頃はよく寝た。
縁側で目を覚ますと、目の前には猫がいた。
猫は、溶けたかき氷の色水を嗅いでいた。
「時間だよ」
と猫が言った気がした。僕は、起きなきゃと思った。
猫の声が聞こえた。
「これから始まるよ」と。

そのことに気付くと、嚙み殺せない嗚咽が喉からもれた——勝は肩を震わせた。

＊

冒頭部を読み、勝の頬を一筋の涙が伝う。
一文字ずつ目で追いながら、当時のことを思い出していた。
もうすっかり色あせた記憶だ。
十和田は以前言っていた。
「先生もこの子たちみたいに自由に書いてください」
彼女はきっと、当時の勝を知っているからこそ、そんな言葉をかけたのだろう。

勝はずっと目を背けていた。
心のどこかで考えていたからだ。
もういいんじゃないかと。
これだけ頑張ったんだから、もう休んでいい。
毎日、猫を眺めているだけで幸せじゃないか。

そんなことを考えている自分がいたのは事実だった。

なんだか情けなくなった。

勝は本を通して受けた己への批判に傷つくのを恐れていただけだった。

運良くデビュー作が売れただけで、周囲は勝に対して期待した。

若くして新人賞を受賞！

若き新進気鋭作家に期待！

いつしかその期待は勝の中で枷（かせ）になっていた。

それは錨（いかり）のように、ずっしりと心の奥深くまで。

だから、冒険はしなかった。無難な道を選んだ。

盛り上がりに欠けていると言われたことも、インパクトが足りないと指摘されたことも、目新しさを感じないのも当然のことだ。ネット上で見聞きした意見は、言葉の辛辣さはどうあれ、本質に触れていたのだ。

きっと見透かされていたのだろう。

ご機嫌を伺うように書いた物語が、読者の心に響くわけがない。

読者の声を聞いた気になっていただけだった、と、勝は恥じた。


誰も自分のことを認めてくれない、わかってくれない。

それは単なる勝のわがままにすぎなかったのだ。

自分から蓋を閉めて、見ないようにしていただけなのに。


この時、勝の脳裏には、人からかけてもらった言葉がよみがえる。

「やりたいことはなかったのか」

作中の直樹と一緒に、彼のやるべきことに真摯に向き合った。

「これじゃダメだよ」

原稿を白紙にした猫はそう教えてくれたような気がしたから、最後まで頑張れた。やり遂げることができた。

「佐久本君のルーツなんでしょ？」

忘れようとしていた大切なことを思い出させてくれた。

一番、自分と向き合っていなかったのは、他でもない佐久本勝本人。
自分勝手と言われた直樹は、まさに勝自身を映し出していた。
そんな自分でも、支えられた——と言ってくれる人がいる。
ありがとう。
本当に嬉しかった。
でも、一番支えられていたのは自分だったよ。
そんな言葉を伝えることはできないけれど、感謝の気持ちでいっぱいだった。
いろんな思いがあふれてきてとまらなかった。
勝は本を抱きしめ、嗚咽を押し殺すように泣いた。
シンシンと雪が降る、クリスマスイブの夜だった。

＊

「で、昨日はどうだったの？」

Ｃａｔオアシスに出勤するなり、寺内は興味津々といった様子で聞いてきた。

勝はもちろん仏頂面で答える。

「寺内さん、下世話な勘ぐりはやめてください」

「えぇ？　だってあの人って……」

勝の眼前に小指を立てると、顔をにやつかせていた。

無視、無視。断固、無視！

何を言っても、どうせ聞く耳を持つ気はないだろうし。

勝は店の奥へ進み、上着をハンガーにかける。

その間も、寺内は目を爛々と輝かせていた。

「彼女は担当の編集者です」

エプロンをかけながら、勝は後ろ手に紐を結ぶ。

きゅっと締めると、心も引き締まるような気がした。

それに今日は一段と気を引き締めなければ……。

寺内は、勝の釈明を言い訳だと信じて、話半分に聞いているみたいだ。

「昨日は、休職と産休の報告にわざわざきてくれたんですよ」

その言葉に寺内は、「あっ！」と、短く声をあげると口元を手で覆った。

わざとらしくよろめいて後退りする。

「こ、今度は何ですか？」

目を伏せていた寺内は、途端に物悲しげなトーンで言った。

「残念だったわね」

「……はい？」

どこか瞳を潤ませて、彼女は勝の肩に手を置いた。

勝は、思い違いをする寺内を非難するような目で見るが、まったく応えていないようだった。

「大丈夫、次があるわよ」

勝は怪訝な表情を浮かべ、眉間に深い縦皺を刻む。

「強がらなくてもいいわ。あの子、可愛らしくて良さそうな子だったものねぇ」

まだ引っ張るか、アンタは!?

口に出そうになって、勝は慌ててその言葉を飲み込んだ。

この人、勘ぐりをやめるつもりはないらしい。

窓の外を見つめて、寺内は「ほぅ」と物憂げな吐息をつく始末だ。

ちょっと不気味なぐらいの優しさは、もう限界。

「だーかーらー！」

ついに我慢できなくなって、勝も意地になって否定した。

それが彼女の妄想を助長させてしまったのかもしれない。

言いがかりに近い同情に、懇切丁寧で論理的な反論を試みる勝。しかし、寺内には何の効果もなく、結果として勝の独り相撲に終わったのは言うまでもない。寺内にとっての勝は、美人の担当編集者から振られた可哀想な作家のままだった。

*

「ありがとうございましたー」

お客を見送ると間もなくお昼に差し掛かった。

客足も落ち着いてきた頃合いを見計らって、寺内は言った。

「佐久本君、悪いけど先にお昼取っちゃって」

「り、了解です」

寺内は開店すると、普段のようにバリバリと動いた。

この切り替えの早さは、さすがだな……と見習いたいが、勝は既に疲労感をぬぐえない。

濃密な午前中だったような気がする。

寺内の表情が妙に活き活きしているのは、勝との問答に満足したからか。

疲労感もあるが、同時になんだか心が軽くなっているような気もした。

変なところまで面倒見がいいのは、彼女の美徳がいたすところだろう。

休憩に入ろうと、エプロンを外した勝は、思い出したように足をとめた。

「そうだ、寺内さん」

「ん？」

ゴホンと、咳払いして勝は言った。

「その、ありがとうございました」

少し、口にするのが恥ずかしい気もしたが、遠慮する必要もない。

一方、寺内は面食らった様子で、目に見えてわかりやすいほど狼狽えていた。

「な、なによ。いきなり……っ!?　や、やっぱり佐久本君」

「違います」

ピシャリと言った。

瞬間、寺内はつまらなさそうに口を尖らせる。判断は正解だったようだ。

はっきりと否定しておかないと話が進まない。一度、決着をつけた話を蒸し返されたりしたらたまったもんじゃない。

話の腰を折られるまえに、勝はその言葉の真意を伝える。

「もう一度、頑張ろうと思って」

何を……とは言わなかった。

でも、それだけで寺内には伝わっていたらしい。

呆気にとられていた彼女は、安堵したように吐息を一つついた。

「そっか」

どこか嬉しそうにも見える寺内。

「じゃあ、頑張らなきゃね」

こういうときだけ察しがいいのはずるいと思った勝だった。

五章　没落作家、都会で猫と戯れる

原稿を書く。

それは己の内側と向き合うことだ。

本腰を入れて新作を書き始めた勝は、パソコンのモニターを睨みながら唸った。

あれから数ヶ月が経ち、徐々に春の足音が感じられるようになった。とはいえ、朝晩の冷え込みはまだ予断を許さない。勝は半纏を羽織り、炬燵で暖を取りながら、バイト終わりの夕刻から、日を跨ぐまで原稿に向き合っていた。

冒頭は何度も書き直した。

詰まる度に、前後の文章を検証した。

もっとないか？　他にないか？

ありとあらゆる思考を総動員して、土砂の中から一粒の砂金を探すように。

きっかけを得てからの勝は、作家としてのサイクルを取り戻そうとしていた。

一字一句、言の葉に思いを乗せる。

繊細に、緻密に、それでいて剛胆に、大胆に。

積み重ねては消して、手探りで答えを手繰り寄せた。

本を通じて、自分は何を伝えたいのか？

物語を読んだ読者に、どう感じて欲しいのか？

本を手に取った先にいる、読者の顔を思い浮かべながら、文字を綴った。

原稿にひたむきに向かうと、寝食を忘れるように没入する。

とうとう燃料と集中が切れて、勝は天井を仰いだ。

大の字になって寝転がると、引っ越してきた当初を思い出す。

あの時も、天井の模様を見ながら呆然としてたっけ――と、室内灯のまぶしさに目を細めて懐かしんでいると、睡魔が襲ってくる。あやうく寝そうになったところで、慌てて重くなった瞼を持ち上げると、ちょうど横から猫がぬっと顔をだしたところだった。

そのまま躊躇することなく勝の胸に乗っかると、ちゃっかりと丸くなる。

お気に入りの羊クッションに寝そべるようにした三毛猫。

まるで作業が終わるのを待っていたようで、その姿は随分といじらしい。

勝が優しく背を撫でると、喉をゴロゴロ鳴らした。

息詰まったタイミングを推し量っているかのようだった。

表面上は甘えられているように見えるが、甘えさせて貰っているのはこちらだ。

だが、彼らのそういうアピールは総じて、別な意味を持っている。

「にゃー」

頭上から鳴き声。いつの間にか周囲に猫が集まっていた。

言葉は伝わらないけど、気持ちは嫌と言うほど伝わってくる。

「太るぞ～お前ら」

腹が減った。彼らはそう言っている。名残惜しいが、胸の上から猫をどかした。

僕も猫のことを言えないな——などと自身の腹をさすりながら、ほんの少しの夜食を食べる。腹三分目ぐらいに抑えて寝入った勝。今日の夢見は、なかなかにいいものだった。

＊

「そういえば、調子はどうなの？」

数日後のバイト中に、ごく自然に寺内がたずねた。

時刻は午後三時を過ぎて小休憩中。

店の奥から折りたたみの椅子を引っ張り出し、来客用のテーブルにお菓子を並べてティータイム。

ここ最近になって、勝は作家という自分の職業を無理に隠すことはなくなった。聞かれれば答える、ぐらいの感覚になった。

周囲の視線を意識しすぎていたのは勝だけで、こういう時にも恵まれた環境にいると再確認できるものだ。

ちょうど程よい陽気に眠気を誘われ、欠伸を嚙み殺していた勝は答えた。

「まぁ、ぼちぼちと言いますか……」

そしてコーヒーを一口すする。

少し詰まっている。それが勝の現状ではあったが、スランプというほどどん詰まりでもない。

あの時に比べれば……と、楽観的に思えるほどだ。

でも、このままではいけない、そう感じているのは、今も昔も変わらない事実だった。

目に見えない膜に覆われているような感じだった。

「ちゃんと寝られてます？」

勝達と一緒に席を囲むのは貞本凜子(さだもとりんこ)。勝が初めて接客した女性客だった。

あれから店にちょくちょくやってくるようになって、お茶をするようになった。

常連客も用もなく来たりするようになり、Ｃａｔオアシスがちょっとした集会所になりつつあるのはどうかと思うけれど。

「睡眠は充分に取ってます。寝不足はいい仕事の敵ですから」

栄養ドリンク漬けになっていたとは思えない発言だ――と勝は苦笑した。

「と、言う割には、いつもより元気ないじゃない？　まさか徹夜だなんて……」

「や、さすがに徹夜までは……ぁっ」

言いかけて、勝は誤魔化そうとする。

寺内は目ざとい。

そんなことないですよ、と否定する勝に、寺内は嘆息をもらした。

「昨日寝たのは何時？」

「えっと……」

すごい圧力だった。

勝は先生から叱られるかのようにビクビクしながら、指を四本立てる。

ギョッと驚くように二人は目を見開いた。

「そんな時間までやってたの？」

と、呆れるように寺内。

「大丈夫なんですか？」

と、心配そうに言うのは貞本だ。

「良い感じだったんですけど、ちょっと詰まってしまって」

なら、そのまま寝ればいいじゃない。寺内はつぶやいたが、勝は視線を泳がせて続けた。

「で、つい猫と遊んでしまいまして……」

二人は共感したかのように頷いて見せた。

「リフレッシュしているつもりなんですけどね」

気分転換はできるものの、根本の解決には至っていない。

寺内は黙りこくって腕組みをすると、難しい顔になった。

勝と貞本は顔を見合わせて小首を傾げるが、寺内は唸ったままだ……が、突然、

「佐久本君」

「は、はい！」

寺内は勝の眼前を指差して力強く言った。

「明日のシフト、外れなさい」

「へっ？」

「で、どこかに遊びに行ってきなさい」

寺内は突拍子もないことを言うと、ちらりと横目で貞本を見て、

「なんだったら、貞本さんつけるから」

と、サムズアップ。飲み物が気管に入ったのか、貞本は咳き込んだ。

「なっ⁉　ひ、人を物扱いしないでください」

顔を赤くする貞本に寺内は「冗談よ、冗談」と笑っていたが、その真意は定かではない。

よく事情を飲み込めていない勝に、寺内は補足するように言った。

「今の佐久本君に足りていないのは、刺激よ、そう刺激」

「は、はぁ……」

浮かない表情をする勝に、寺内は肩をすくめて言った。

「どうせ、休みの日だって猫を眺めてるか、原稿書いてるかなんでしょ？」

的確すぎて、ぐうの音も出ない。

勝が反論する間もなく、休日は決定されてしまったのだった。

＊

久しぶりとなる都内。

最初に抱いたのは、人が多いなという、なんとも当たり前な感想だった。

人とすれ違うにも、前に歩くだけでも周囲に意識を配らなければならない。

以前はさらりと避けられたであろうはずが、何度かぶつかりそうになった。

慣れというのは怖いものである。田舎暮らしが身体に馴染みつつあることに、驚きを隠せない勝は、バスと電車を乗り継いで目的地に降り立った。

歩道で立ち止まると、店内から古紙とインクの香りが漂ってくる。

ちょっと気になって入り口をくぐると、むせかえるような本の匂い。

それと少し気が早い春の香りが、どこからともなくやってくる。

歩道脇に立った勝は、天候に恵まれたことを喜びながら、全身で伸びをした。

「この町に来るのも久しぶりだな」

寺内から休みを言い渡された翌日、勝の姿は神保町にあった。

ほぼ押し切られる形で休みを取ることになって、この町を訪れたわけだが、ここにはよくお世話になっていた。

小説の資料を探す時だけじゃない。何気なくフラッと覗いてみた店先のワゴンで、素敵な出会いがあったりするのもこの町の魅力だろう。歩いているだけで楽しいものだ。

道を挟めば、飲食店なども多く、平日なのに長蛇の列ができるのもザラである。

来る度に何か新しい本と出会えるこの町で刺激をもらえれば、どんなにいいだろう。

とはいえ、あてもなくぶらぶら、わけもなくふらふら。

いや、目的が一つだけあった。

買いたいと思っているのは、執筆の資料本と猫の本。

世界各国を旅し、その際に撮ったスナップ写真をまとめた写真集も気になるし、専門的な本を読んでみてもいいかなと思っていた勝だった。

だいぶのめり込んでいるな、と苦笑しながら周囲を見渡す。

今日はせっかく貰った休みなんだし！　勝の足取りは軽い。

さぁ、どこから行こうか？　自由気ままに歩き始めた。

*

古書店や専門店を回り、勝は満足げに町を練り歩いた。

プレミアが付いてとんでもなく高値になっている資料を見つけたが、持ち合わせがなくなってしまうので断腸の思いで諦めた。その悲しさを紛らわそうと、勝は猫の本を求めて、いろいろな書店に足を運んでいた。勝はある書店に入るなり、足を止めた。

限られた立地で、工夫を凝らす店内に一際目立つ特設ブースがあった。

書店を訪れれば、入り口から誰もが必ず目にする特等席。

現在、一番売れているであろう本が置いてある。

北風裕也の『ＰＯＰ Ｓｔａｒ』だ。

この春に映画の上映を控え、発行部数も百万部に届く勢いらしい。

作家として、一人の読者、ファンとして、彼の作品を読み、その活躍を喜ぶと同時に、どうしようもなく心が揺らぐのだ。

積まれた本の山に、圧倒されているとドンと衝撃が走った。

「あっ、すいません」

人が行き来するにもぎりぎりのスペースしかないような店舗で、勝はすぐさま謝罪した。

「いえ、こちらこそ……って、あれ？　もしかして……」

ぶつかった男性がつぶやいた。

勝は自分に声がかけられているのかと、顔をあげると見知った顔があった。

「やっぱり、佐久本先生じゃないですか」

「北、風……先生」

勝が遠慮がちに名前を呼ぶと、北風はパッと弾けるような表情に変わった。

「うわぁ、こんなところで会うなんて偶然ですね」

北風は店内で、他者の目があるにもかかわらず声をあげた。

一瞬だけ注目を浴びたようだったが、書店の利用者はもう興味がないと言った様子。

視線が外れ、ホッとした勝は改めて、北風に向き合った。

「お元気でしたか！」

久しぶりの再会で少し興奮気味なのか、彼は勝の手をとると上下に振った。

ちょっとオーバーな気もするが、彼もあれから変わってないように見える。

デビュー当初に交流があったがゆえに、彼の人となりも知っていた。

「今日は佐久本先生も書店回りですか？　あっ、それとも参考資料でも探しに？」

「えっと、僕は……その……」

勝はその勢いに呑まれ、言葉に迷った。

どうしてこんなところで出会ってしまったのか……再会を喜んでくれている北風には悪かったが、当然のように営業目的の書店回りかとたずねられ、勝の心は半歩だけ後ろに下がった。

「あの、北風先生……」

タイミングを見計らって声をかけたのは、北風と共に行動していた男性だった。

一見すると地味ではあるが、仕立てのいいスーツを着こなした男性で、北風よりも年齢は上だろう。派手さはないが、誠実な印象を持たせる。書店回りと言っていたから、おそらく担当編集者だろう。

北風は照れるように頭を下げて言った。

「あっ、すいません、俺一人だけ盛り上がっちゃって」

「いいえ、それは別に構わないのですが……」と男性が答える。

苦笑を浮かべた北風は、勝に彼が編集者だと紹介してくれた。

勝の予想通りだった。

編集者はと言うと、興味がなさそうに、社交辞令の愛想笑いを浮かべた。

勝も会釈する。ほんのちょっとだけ、お腹がきゅっと苦しくなった。

さっきまでの楽しい気分は、跡形もなく消えてしまっていた。

勝の心中を知るよしもなく、北風は担当編集者に小言を言われていた。バツが悪そうに反省してみせる北風だったが、それでも絵になっているのがイケメンと呼ばれる所以だろう。彼と並んでいるだけで、他がどうしても霞んでしまう。

ふとした時に蘇る劣等感。

深層まで根付いたコンプレックスは、思ったよりも重症だったらしい。

自分じゃ引き立て役にもならない——気まずさを覚えた勝は、その場を去ろうと、鞄(かばん)を持ち直して小さく頭を下げた。

「じゃあ、僕はこれで……」

北風の担当編集者から奇異な視線を受けていたこともあって、逃げようとするが……。

「あ、佐久本先生。よかったら、この後にお茶でもしませんか？」

「えっと……」

どうして？　思わず声に出そうになって、慌てて口をつぐんだ。

ただお茶に誘われただけなのに、最初にそんな疑問が浮かんだのは、北風に対する負い目がそうさせたのかもしれない。

「都合が悪いですか？」

しかし、北風は考える時間を与えなかった。

勝は、視線を泳がせて声をくぐもらせる。

その誘いに乗る理由もなければ、別段これといって断る理由もない。

そもそもリフレッシュに来たわけで、明確な目的などあってないようなものだ。

どうするべきか？　こういう時に応用が利かない自分の対人能力をフルに活用して、

「ほら、ほら、北風先生は挨拶回りで忙しいでしょうし」

お仕事の邪魔するわけには……と断る口実に北風を利用した。どうにも気が引けるが、担当編集者だって、さっきからこっちを睨んで待っているし、やむを得ないだろう。

そう言った勝に対し、北風はわかりましたと笑顔で答えた。

「ちょっと確認してきますね」

と言い残して、担当編集者と話しはじめた。

北風がたずねると、彼は一瞬だけ渋面を作った。

それから何度か表情を取り繕っているようだったが、時折、勝のことを恨めしげに睨んできた。その視線に、勝は思わず身を竦ませた。

「ノルマは達成してますからね、今日はこの辺でいいでしょう」

微妙に納得していない顔だったが、北風の担当編集者は渋るように言った。

「プロモーションの大事な時期なんですから、お願いしますよ」

「その分、明日は頑張りますから」

そう言うと、北風は担当編集者と共に、陳列棚で特設ブースを作っている店員に声をかけた。その様子を遠巻きに見ながら、やっぱり彼は遠い存在なような気がして、勝は知らず知らずのうちにため息をもらしていた。

*

北風裕也との再会はあまりにも突然だった。

不意打ちを食らった勝は、脳内の処理が追いついていないらしい。

ずっと主導権を握られたまま、流されるままになっていた。

それから北風と彼の担当編集者が、書店のスタッフと楽しそうに話しているのを傍観していた。同じ作家なのに、なんだか住む世界が違うな、と自虐めいた感想を抱いていた。邪魔にならないよう、店内の片隅にひっそりと佇む。本の森に隠れるようにひっそりと。

そこがまるで自分の居場所とでもいうように。

程なくして今日の挨拶回りは終わりとなったようだ。

まだ少し不満を覚えているのか、去り際に勝は編集者からの冷たい視線を浴びることになったが、勝にはどうすることもできず、苦笑を浮かべて耐えるしかなかったのだ。

そして現在、勝と北風の二人は小洒落（こじゃれ）た喫茶店の片隅にいた。

清潔感と高級感のある店内だった。

ジャズやクラシックなどゆったりとした音楽を流す、落ち着きのある空間。

ある程度のプライバシーは確保できるように、パーテーションで仕切られている点も高評価だ。よく見ればパソコンに向かって一人の作業をする人も居れば、大きな声を立てないように打ち合わせしている席もある。

物珍しそうにする勝に、北風は言った。

「いいでしょ？　ここ、結構おすすめなんですよね」

北風は、どこか自慢気に言うとコーヒーをすすった。

コーヒー一杯、千円近くもする。

勝も彼に倣うようにして、おそるおそる口にする。

いつも飲むコーヒーとは、なんだか香ばしさが違うような気がした。

「ちょっとお財布に痛いのがネックですけど」

と、笑う北風。

そうしていると、店内の音楽が止まった。どうやら一曲が終わったらしい。

すると、会話が弾んでいたわけでもない二人の間には微妙な沈黙が流れた。

場を何とか繋げようと、勝は思い出したかのように言う。

「そうだ。映画化、おめでとうございます」

「あ、ありがとうございます」

「今日もその営業で担当さんと書店回りだったんですよね？」

ちょっとした嫉妬心が顔を見せそうになるのを押し隠して勝は言った。

「えぇ、おかげさまで何度か重版させていただいたので……」

「すごいなー。それと去年の年末の特別番組も見ました！　今回は脚本も自分でやったって聞きましたよ」

勝は率直な感想を口にした。

その世界の裏側をちょっとでも知っているからこそ、彼が置かれている状況のすごさがよくわかったのだ。

だが、どうだろうか？

一瞬だけ、北風の表情が曇ったように見えた。

「いい経験をさせてもらいました」

そう言うと、北風は窓の外を見やった。

彼の横顔は、勝の目にどこか寂しげに映って見えた。

不安に似た感覚が、勝の頭を片隅でちりちりとしていた。

「そういえば、お互い忙しくなってから、あまり会って話すこともなくなりましたね」

「そう……ですね」

「デビュー当時は一緒によく飲みにいったりしましたっけ」

突然の昔話に、勝は困惑を隠せなかった。

最後に会話したのはいつだったか、勝には思い出せなかった。

距離を取ったのは勝からだった。

一緒に居ると、どうしても比べてしまう。

自分の汚い部分が垣間見えてしまうのが嫌で、そんなことで北風に嫌われたくないし、嫌いにもなりたくない。心のどこかでお互いが傷つかない距離を保とうとしたのだ。

とはいえ、北風が売れて忙しくなったのも、勝が連載を持ってそこそこに忙しかったのも事実。

だが、その忙しさの質が違いすぎて、勝は同列に扱われることに少し窮屈さを覚えた。

「でも、ここ最近は……その……」

北風はここにきて、急に歯切れが悪くなった。自分の話はせずに、勝の様子を伺う。

「大丈夫でしたか?」

「大丈夫?」

「佐久本先生の名前、聞かなくなったので……」

北風は心配するようにたずね、勝は困ったように頬をかいた。

「そうですね。どこから話せばいいのかな」

ちょっと迷った勝は、コーヒーカップに視線を落としながら、ゆっくりと語りはじめる。

もう半年以上前のことだったが、その記憶は鮮明に覚えていた。

勝は他の誰にも明かしたことがなかった。

なぜ、こんなことを人に話そうと思ったのか、自分でもよくわかっていないけれど、勝は記憶を紐解くように語りはじめた。

連載が上手くいかなくなったこと。

匿名掲示板を見て、傷ついていたこと。

そして挙げ句の果てに逃げ出したこと。

どうしたらいいのかわからなくなったこと。

占い師の言葉を信じて、引っ越したと言ったら、北風の笑いのツボにハマったのか、ほんのちょっとだけ笑ってくれた。

話し終わって、コーヒーを飲むとすっかりぬるくなっていた。

結構な時間が経っていたと、気付いたときには勝もビックリした。

「あの打ち切りの背景にはそんなことが……大変でしたね」

全てを聞き終わった北風は神妙な顔つきで、そんな風に言った。

むしろ、勝としては、北風が自分の作品の動向を見ていたことが驚きだった。

勝は匿名掲示板でとっくに過去の人として、認識すらされていなかったのに。

これまでのことを振り返ってみても、他人からすれば笑い話にもならないのだろう。

妙に重苦しい空気になりそうになって、勝は慌てて取り繕った。

「あ、いや、でも悪いことばかりじゃなかったんです」

勝の言葉に、北風は興味を持ったのか「と言いますと?」とたずねた。

「そのおかげ……と言いますか、担当の方と正面からぶつかって、しっかり向き合うことができたので」

「へぇ……」

「最後まで見放さないで信じてくれた人がいたんです。……おかげでいろいろ気付くことができました。もちろん、他にもきっかけはあったんですけど」

勝は、はにかみながら言った。

「怪我の功名、とでも言うんですかね。確かに辛かったですけど、その分たくさんのものを貰いました。自分を見つめ直すいい機会になったと思います」

そのおかげで今の自分がある。

そう言えるのは確かだった。

「一時は執筆から身を引いていたんですけど、また最近書きはじめまして……」

北風は勝の話に耳を傾けていた。

「でも、やっぱり書くのは難しいですよね。何ヶ月も書いていなかったせいか、感覚を取り戻しきれていなくて、毎日画面を見ながら唸ってますし……」

商業デビューして複数の著作もある作家とはとても言えない、弱気な発言をしてしまった。

自信のなさを隠さず話せるようになったのも、勝の大きな成長かもしれない。

「お恥ずかしいですが、実は今日も、行き詰まっているならリフレッシュしてこいと、アルバイト先のオーナーから言われて、本屋を回っていたんです」

虚勢を張ることもなく、自然体でいられるようになったのはきっと、あの猫たちのおかげだろうな。と、勝は庭先でのんびりしている彼らの姿を思い浮かべて言った。

「すごいなぁ」

感嘆するように北風は言った。

「いやいや、僕なんかより北風先生の方がすごいじゃないですか」

「そんなことないですよ」

またただ。

北風はどこか物憂げな表情を浮かべて、

「……羨（うらや）ましいなぁ」

ぼやくように言った。

「えっ？」

この状況を聞いて羨ましい？

勝の素っ頓狂な声に、北風はハッとする。

北風は自分の発言に気付くと、身振り手振りで弁解した。

「あ、気を悪くさせたらすいません。そんなつもりじゃなくて……ですね」

北風は自嘲するように笑いながら言った。

「俺、ちょっと考えてることがあって……」

視線を落として続けた。

「しばらく休もうかと思ってるんですよ」

そう言うと、曲が終わり、店内には一瞬だけ静寂が訪れた。

*

勝はその言葉に面食らった。

「どうしてですか?」

そこから出てくる言葉はごく自然のもので、勝の素朴な疑問だった。

作家として順風満帆。多岐にわたり、活躍の場を広げる北風は誰もが憧れる地位を確固たるものにしている。創作活動に対して、積極的な姿勢も知っているからこそ、勝には疑問しかわき上がらない。

それにそんな重要なことをどうして自分なんかに？

疑問が、更なる疑問の呼び水となる。

理解するにも頭がちょっと追いつかないでいた。

「――――」

「――――」

北風はその間も答えなかった。

沈黙のまま、憂いを帯びた視線で窓の外を見やった。

その姿は、まるで別人のようだった。

勝は彼の姿に、何かが重なって見えた気がした。

それがなんなのか、勝にはわからない。

「今の佐久本先生の話を聞いてすごいと思ったのは嘘じゃないです。むしろ、大変だと思うし、そんな状況の中でも作品を最後まで完結させて、やり遂げたのはすごいと思います」

「そんなこと……」

「同じ立場になったらと想像すると……ぞっとします」

いきなり褒められて、リアクションに困っていると、北風は続けた。

「俺が羨ましいと思ったのは……佐久本先生には向き合ってくれる人がいることですよ」

「えっ、北風先生にだって……」

勝が言うと、北風は力なく首を振った。

「俺にはそんな人はいない。デビュー当初はそうでもなかったと思うんですけどね」

苦笑する北風。

勝は何も言えなかった。

「何を持って行っても、言うんですよ。いいですね、これでいきましょう。って、サラッと文面を撫でただけで手応えがないんです。不安になりますよ。俺だって人間ですから」

自虐的に笑う。

北風はどこか泣き出しそうにも見えた。

「本当にこれでいいの？　そうボールを投げるんです。でも、それが戻ってこない。まるで水に石を投げているだけで、返ってくるのはいつも同じ反応だけ」

卓に置かれた角砂糖を一個、コーヒーに入れる。

とぷんと音を立て、残るのは波紋だけだ。

「本の……話の善し悪しで評価されているわけじゃない。ただ、北風裕也って名前がついているだけじゃないか？　って疑問を持つようになりました」

「でも、実際に本を買って貰って、喜ばれてるじゃないですか」

「それはもちろん、作家として嬉しいです。自分の書いた物語を好きだと言ってくれるファンの声はやっぱり励みになりますから。それでも同時に考えてしまうんです」

苦悩に表情をゆがめる北風。

勝は先ほどから北風にちらついている影が何者なのか、見えてきたような気がした。

「必要とされているのは北風裕也の名前であって、他はもうおまけなんじゃないかって」

心中を吐露する北風の印象が音を立てて変わっていく。

それは北風裕也にしかわからない苦悩だろう。

「俺が北風裕也である限り、誰も俺のことを見てくれはしないんだろう……そう思うと」

彼は視線を伏せると、むなしくなってしまって——と小声でぼやいた。

その一言に、勝は北風の姿を過去の自分と重ねた。

自身を卑下(ひげ)し、やさぐれていた過去の自分に。

本音を吐き出す北風に、勝は自分を恥じた。

心の奥底に隠しておくべきはずの、彼の弱さを目の当たりにし、いかに自分勝手だったのかと恥ずかしくなった。勝の何気ない所作、言葉ひとつひとつが知らぬうちに彼を傷つけていたことに気付いたからだ。

「北風裕太」のフィルターをかけることで、勝は北風との間に線を引いていた。

確かに北風は、勝にないものをたくさん持っている。

人に羨まれる外見も。

ベストセラー作家の名声も。

そして、それを確固とする実力も。

全てを持ち、結果を手にした北風。

周囲はみな、それが当たり前だと、結果しか見なくなった。

彼だって血の滲むような努力をしているのに。

だが、彼に求められる像はベストセラー作家の「北風裕也」だった。

彼はそれに応えようとしていた。

素顔を隠し、本音を隠し、ただただ求められる偶像を演じていた。


認めて貰いたいわけじゃない。

でも、大人になったって誰かに褒めて貰いたい。

そう思うのは悪いことだろうか？


勝はそれが当たり前だと思っていたし、何より自分がそうだった。

たった一言でも、言葉をかけてもらえるだけで嬉しくなるし救われる。

それに気付くことが出来なかったと思うと、勝はぞっとした。

きっと誰かに必要とされている――その言葉を求める余り、目的が大きく逸れてしまう。

身をもって体験したからこそ、目の前で苦しそうな顔をする北風を放っておけなかった。

勝はいてもたってもいられなかった。

湧き上がる衝動が勝を突き動かした。

「北風先生！」

ガタンと耳障りな音が鳴った。勝が勢いよく立ち上がって椅子が倒れた。

店内の視線を一斉に浴びながら、勝は言った。

「次は僕の用事に付き合ってくれませんか？」

この際、周囲の視線なんてどうでもよかった。

何ができるかわからない。

自分から北風に何かをしてあげることなんてたぶんできないだろう。

それでも、勝は北風のために、何とかしてあげたいと思った。

その気持ちは、嘘じゃなかった。

＊

勝は会計を済ませると困惑する北風を連れて、電車に乗り込んだ。

地下鉄都営新宿線から、東京メトロ丸ノ内線に乗り換えること十分ちょい。

到着したのは池袋駅。

目的地を明かさず、駅の改札口を抜けていく。

北風の前を導くように歩く、勝の足取りは、いつになく大股で勇み足だった。

「佐久本先生、どこにいくんですか？」

困惑した様子の北風に、勝は答えなかった。

「着けばわかります」

と、だけ答えたのだ。

東口から出ると、大通りに進んだ。客引きに捕まりそうになるが、それを何とかふり切って歩くこと数分、小道にすっと一本はいったところで、勝は立ち止まった。目の前にはテナントビル。看板が煌々（こうこう）と光っている。

「あの……ここは？」

言われるがままについてきた北風がたずねると、勝はにっこりと笑った。

「北風先生、猫カフェってご存じですか？」

*

猫カフェの営業時間が終わり、勝と北風の二人は、笑顔で喫煙所脇のスペースで缶コーヒーをすすっていた。

「や、やばかったですね」

と、頬の筋肉が緩みっぱなしの勝。

「すごい破壊力でした」

と、スマートフォンの写真を見ながら微笑む北風。

「並んでご飯食べてたのに、徐々に前のめりになっちゃって、なんだか笑っちゃいました」

「実は……ウチでもこんなのが撮れたりするんですよ」

勝は自慢気に画面を見せた。

庭先でのんびりと遊んでいる猫たちの姿だ。

同じように一列に皿を並べて、一心不乱にエサに食いつく姿は見ていて満たされる気がする。

ついでにいうと、動画にも収めてある。

「これ、先生が飼ってるんですか?」

「いえ、眺めているだけです」

「眺めてるだけ……ですか」

北風は吹き出してくつくつと笑った。

「それ、いいですね」

笑いのツボに入ったのか、彼は肩を揺らして笑う。

勝もちょっと満足げだった。

「遊ぶつもりが、遊ばれちゃいましたね」

「猫ってそういう気ままなところがいいんですよ」

穏やかな表情を浮かべて、コーヒーを飲む北風。

その姿に勝はほっと安堵の吐息をもらした。

「よかった。楽しんでもらえたみたいで」

北風は「あっ」と小さくこぼすと、照れるように笑った。

「少しは笑顔が戻れば……そう思っていましたけど」

「佐久本先生……」

「それじゃ、そろそろ帰りましょうか。遅くなってきましたし」

時計を見ると、既にもより駅からの帰りのバスの時間には間に合わない。

思ったより長居してしまったが、それはこの際構わなかった。

今日はどこかのネットカフェで始発まで時間を潰して待とうかな、と、駅に向

かって歩き出すと、

「佐久本先生」

北風に名前を呼ばれて立ち止まった。

人の流れに逆らうように、立ち尽くした北風は、何故か視線を伏せている。

「すいませんでした」

「えっ？　えっ？」

身体を折って深々と頭を下げる北風に、勝は困惑した。

それも周りの注目を集めているわけで、勝は道の脇へと北風を連れて行った。

「ほんとのことを言うと。ちょっと安心しようと思ってたんです」

「えっ？」

「よくあるじゃないですか？　自分より辛い人を見て安心する心理。さ、佐久本先生には悪いと思いましたけど……そのすんません」

勝にもその心当たりはある。

誰もが納得できる心理だろう。

「佐久本先生が辛い状況にあるのは知ってました。そりゃ、同期デビューでした し意識していないなんてのは無理な話ですから……」

あの北風裕也から意識されている。

その事実がどこかくすぐったい。

憧れ、羨望の対象だった彼が、こちらを見てくれていたことに気恥ずかしさを覚えた。

一方、北風は頭をがしがしとかきむしった。

反省しているのが、その表情に色濃く浮き上がっている。

「だから、今日会ったときに少し話を聞いてあげようかな、なんて思ったんですけど……まったく、恥ずかしながら自分に酔っていただけと気付かされて」

思い上がりもいいところですよ、と彼は続ける。

「俺がそんな心配をする必要なんてなかった。辛くても前を向いて、自分と向き合っている先生を見て、なんだか自分が恥ずかしくなってしまいました」

北風はちょっと笑っていった。

「この人は強いなって。放っておいてもまた戻ってくるなって思いました」

照れ隠しのように、北風は続けた。

「それに、あのデビュー作は、自分なんかじゃ到底真似できない。正直、自分と違うセンスっていうか、そういうセンサーを持っている先生に嫉妬しましたよ」

嬉しいけど、恥ずかしい。むず痒く、勝は小さく身じろぎした。

手放しの賛辞には慣れていない。

勝も反射的に返す。

「それを言ったら僕だって、北風先生が出す作品を読んでは着眼点に驚かされっぱなしですよ。読者をぐっと世界に引き込む、引力がすごいなって」

「そういうこと言い出します？　他にも言葉選びの感性だって、普通の男性作家にはない光るものを持ってよく言えますね」

「そういう北風先生だって……あんだけ魅力的な登場人物を活き活きと動かして、あんなことされたら、伏線に気付くわけないじゃないですか！」

「佐久本先生はわかってないですね。あれだけ人の心に残る作品を書いておいて、そんなこと言います!?」

あーだこーだと、ひとしきり相手を褒め合った二人。

帰路につく社会人や学生達が、不思議そうにその光景を見ていたが、当人達は気付いていないようだった。子どものようなやりとりを終え、肩を上下させると、二人は吹き出して笑った。

「あぁ～あ、なんで気付かなかったんだろ」

「何がです？」

笑いすぎて、涙が出てきた。

勝は目元を拭いながら、たずねると、

「きっと、俺が必要としていたのは対等な立場で、同じ目線で話してくれる人だったんだなって」

北風は改めて、頭を下げて礼を言った。

「それが佐久本先生でよかったと思います」

勝もつられて頭を下げた。

帰路につく人の波が、駅に飲まれるように流れていく。

「あ、あの……」

二人の声が重なった。

吹き出すように笑うと、「これから、飲みにいきませんか？」

互いに断る理由なんてなかった。昔の距離を取り戻すように。

＊

翌日、Ｃａｔオアシスに、勝が遅刻してやってきた。

時刻はすでに十二時を回っている。

「……気分はどう?」

「久しぶりの二日酔いで、ちょっと頭が痛いです」

寺内は、律儀に「ほらこれ」と水の入ったコップを手渡した。

勝はごくごくと喉を鳴らし、水を飲み干した。

ほんの少し頭も軽くなった気がする。

「で、どうだった久しぶりの都内は?」

「そうですね。いろいろと刺激が多い一日でした」

勝が応えると「ふ〜ん」と寺内は意味深に笑う。

「いい顔になって戻ってきたわね。なんか吹っ切れた?」

寺内の指摘は見事命中。勝は、恥ずかしそうに笑う。

「そうかもしれません。いろいろありましたけど……」

ピロン。

そのとき、勝のスマートフォンが鳴った。

通知は北風裕也。

『寝坊して担当から大目玉食らった。次はお互い休みの前日で、ゆっくりと飲みましょう』

と、北風。

「なんだかほんの少しだけ、昔に戻れた気がします」

勝は春の木漏れ日のような柔らかな笑顔を浮かべて、エプロンの紐を結んだ。

終章　ねこあつまるいえ

五月下旬の日曜日。

カラッと晴れた天気ではあったが、古民家は、ムシムシとちょっと暑かった。

その暑さをものともせず、勝は一心不乱にパソコンに向かう。

口の中でぼそぼそと何かをつぶやき、最後のページまでスクロールして、原稿の末尾に「了」の字を打ち込む。大きく伸びをして寝そべると、大声をあげた。

「できたーーーー」

その声にビックリして居間でくつろいでいた猫たちが逃げてしまい、勝は苦笑する。

少し汗ばんだ額に手を置いて、大の字になると天井を見上げた。

長かった。

ずいぶんと時間がかかったような気がする。

天井に掌を上げ、何かを掴むように握った。
誰に届けたいか。
どんな想いを乗せるか。
悩みに悩んで、推敲(すいこう)を重ねてようやく見つけることができた。
誰かの背中をそっと支えてあげられるようなお話を。
自分一人ではきっと気付けなかった、辿りつけなかっただろう。
書き終わったからこそ、その頂きの高さに驚いた。
勝は立ち上がる。
やることは既に決まっていたから、あとは行動に移すのみだ。

＊

「いらっしゃいませ」

そう言って出迎えた寺内は勝を見るなり、にやりと笑った。

「あ～、帰ってきたか。家賃、大丈夫だった？」

「危なかったです。ぎりぎりで」

口では言わなくとも彼女の表情は「よかった」と一安心している。

「さて、今日からまた飲めるぞ」

そう言ってエプロンを放る。これは寺内流の照れ隠しと最近わかった。

「長い間、すいませんでした」

エプロンをキャッチし、勝は礼を言った。

作品が出来上がるまで、まとまった時間が欲しい。

そう頼んだ勝に、寺内は快く承諾した。シフトに都合をつけてもらっていたのだ。

「でぇ？」

姉御肌（あねご）の寺内は、清々しい表情の勝にたずねた。

「書けたの？」

「えぇ、まぁ……一応」

すると、寺内は勝に手を出した。

なんだろう？　と勝が不思議そうにしていると、

「最初の読者になってあげるわよ」と寺内。

彼女は表情に出さないようにしているが、その顔はワクワクしているように見えた。

気持ちはすごくありがたい。

でも、勝にはもう決めていることがあった。

「そ、それはちょっと……」

「なんでよ～」

不満を隠そうともせずに、寺内が言う。

勝は、少し恥ずかしそうに視線をさまよわせると、その理由を口にした。

「最初に読んで貰いたい人がいるんです」

その言葉を聞いて、寺内はにんまりと笑う。

「ふ～～～ん」

笑いを抑えられないのか、頬に笑窪を作ってニマニマ。

「なるほどねぇ」

ニヤニヤと笑っている寺内。

なんだか彼女に見透かされているようで、勝は誤魔化すのに必死だった。

＊

夏の日のような熱気を持つ風が、少しだけ空いた窓から入り込むと白いカーテンをはためかせた。梅雨入り間近で曇天しか見せていなかった空も、いまは力強く晴れ渡り、直線の陽射しが室内に注がれている。うん、今日はいい天気だ。

出産から三日目、ようやく体調を戻しつつあったミチルは、ベッドに横になりスケジュール手帳を眺めていた。あと数日で退院を控えているが、通院中は苦手だった消毒液の匂いにも、ちょっとだけ慣れたみたいだった。

無事に出産を終えて、産後休業に入ることになったが……。

出産直前まで精力的に働いていたミチルは、どこか物足りなさを覚えていた。徐々に仕事の量を減らしたとはいえ、スケジュール帳に予定がほとんど書かれていないことに違和感を覚える。

それに加えてこれから先の数ヶ月は定期健診以外の予定はない。

ミチルはまるで佐久本先生の原稿みたいだ――なんて失礼なことを考えていた。

佐久本を探してあの猫あつめの家を初めて訪れたのは、ちょうど今日みたいな夏日だった。

逃げ出した佐久本を追いかけてからあっという間に一年が経とうとしている。

時の流れが早いなぁ。

そう感じるようになって、私も立派な大人になれたのだろうか？　しっかりと人の親になれるのだろうか？　などと感慨深く感じながら、紙面をなぞった。

先生は大丈夫だろうか？

その時、ちょうど病室をノックする音がした。

誰だろう？

遠慮するようにゆっくりと開いた扉から覗いた顔に、ミチルは「わっ」と声に出して驚いた。それもそのはずだ。

「編集長……」

「お疲れさん」

「いやぁ、疲れました」

労いの言葉に、ミチルは自分の立場を忘れて本音を話す。

「母子ともに健康か？」

そうたずねる浅草は、デスクでは見せたことのない柔らかい笑みを浮かべた。

そのギャップがおかしくて、ミチルは小さく笑った。

「どうしたんです、わざわざ」

「大事な部下の出産祝いだ。電話やメールってわけにはいかんだろう」

と、本人はそう言っているが、ミチルは面白くなってまた吹き出してしまった。

「本心です？」

意地悪な質問をするも、彼は飄々と肩をすくめながら答えた。

「本心じゃない」

やっぱり——この人は相変わらずだ。

「じゃあ、なんです？」

彼は理由もなしに来るような暇な人ではない。

ミチルの問いに答えるように浅草は、鞄の中を漁った。

茶封筒を一つ取り出すと、そのままミチルに差し出す。

「放っておいたら、出してきたぞ」

受け取って、差出人の名前を見たところで、ミチルはハッとした。

そこには佐久本勝と、彼の几帳面さがよくわかる綺麗な字で書いてあった。

「悪いが、先に読ませて貰った」

浅草はそのまま続けた。

「よく書けてる。出す方向で叩いてみろ」

「いいんですか？」

「佐久本勝の担当は……誰だっけ？」

浅草は茶封筒の宛先を、指先で突きながら言った。

宛先には、出版社名と「十和田ミチル様」と、自分の名前が書いてある。

なんだかおかしかった。

会社には休むとは伝えたが、そのあと戻るとは約束していない。

もちろんミチル自身は復職する気でいる。

けれど、戻ったとしても、佐久本の担当を続けるとも限らない。

そのまま退社だってあり得るのに……。

送り先として自分の名前が書いてあった。

また一緒に仕事をしたいと思われているのが、純粋に嬉しかった。

「なるたけ早く復帰してもらわなきゃな」

目的を果たした浅草は、ミチルの心中を察して、似合わない微笑みを浮かべる。

「じゃあ、お大事に」

その穏やかな笑顔に一瞬見とれ、ミチルはその背中に礼を言った。

「ありがとうございます」

病室を後にしようとする浅草の背中は、どこか照れているように見えた。

期待の仕方が違う——そう言った浅草はひねくれ者だとミチルは感じた。


一人になり、封筒の紐を解く。

どんな話を書いてくれたのだろうか？

ドキドキしてきた。

原稿を取り出すと、クスッと笑う。

タイトルは『ねこあつめのいえ』。なんとも佐久本先生らしい。

ミチルは早速一ページをめくる。


ありがとう。


その一文で始まった『ねこあつめのいえ』。

暖かみと優しさで包むような、佐久本の声が聞こえた。

いつもおどおどしていて、愛想笑いがちょっとへたくそで、どこか頼りない。

でも、仕事には誠実で一生懸命な彼の声が聞こえてくるようだった。

思わず、頬が緩んだ。

ちょっと季節外れだけど、春の雪解けのようなそんな温かい気持ちになった。

＊

セミの鳴き声が聞こえる。

風が吹くと、ちりんちりんと鈴の音がする。

庭先、縁側でうたた寝をする勝は、また夢を見ていた。


寝る子は育つと言われ、あの頃はよく寝た。

縁側で目を覚ますと、目の前には猫がいた。

猫は、溶けたかき氷の色水を嗅いでいた。

「時間だよ」

と猫が言った気がした。僕は、起きなきゃと思った。
猫の声が聞こえた。
「これから始まるよ」と。

猫が鳴いた。
勝は夢の中で笑った。

僕らの毎日は変わっていく。
その変化はちょっと怖いけど。
一歩踏み出すことができれば、きっとそこには未来が開けていく。
後悔して、辛いこともあるけれど、立ち止まってもいい。
一人じゃないことに気付ければ大丈夫だと。
ずっと抱えていた悩みも、寂しさも今はもう何ともない。

ちょっと辛いことがあっても、いつもそばには彼らが居てくれるから。
僕は僕らしくいていいんだ。
そう気付くことができたから、伝えたいことも見つけることができた。
落ち込んだ時、元気になってもらいたい。
明日が辛くても、また頑張れるように顔を上げて欲しい。
そして、君は一人じゃないと伝えたい。
誰かに支えられて、今日も明日も生きて行くってことを。
僕の手には誇れるものは何もないけど、本を通じて繋がりあえるから。
だから僕は手に取ってくれる読者のために物語を書く。
あの話を君は読んでくれただろうか――喜んでくれると嬉しいな。

うららかな陽射しの中、瞼の向こうで、誰かが呼んでいる気がした。
その声は懐かしい気がした。

起きなきゃ――そうは思っても、身体は言うことを聞いてくれない。
どうやら、僕も彼らに影響されたようで……。

自由気ままにのんびりと、今日もまた僕は僕らしく生きていこう。
猫を眺めて、猫があつまるこの家で。

本書は書き下ろしです。

本作品はフィクションであり、実在の個人・団体とはいっさい関係ありません。（編集部）

実業之日本社文庫　最新刊

実業之日本社文庫　好評既刊

周木 律
不死症（アンデッド）
ある研究所の瓦礫の下で目を覚ました夏樹は全ての記憶を失っていた。彼女の前に現れたのは人肉を貪る異形の者たちで!? サバイバルミステリー。
し21

朱川湊人
遊星小説
怪獣、UFO、幽霊話にしゃべるぬいぐるみ、懐かしき「あの日」を思い出す……。短編の名手が贈る、傑作「超」ショートストーリー集。（解説・小路幸也）
し31

平 安寿子
こんなわたしで、ごめんなさい
婚活に悩むOL、対人恐怖症の美女、男性不信の巨乳……人生にあがく女たちの悲喜交々をシニカルに描いた名手の傑作コメディ7編。（解説・中江有里）
た81

知念実希人
仮面病棟
拳銃で撃たれた女を連れて、ピエロ男が病院に籠城。怒濤のドンデン返しの連続。一気読み必至の医療サスペンス、文庫書き下ろし！（解説・法月綸太郎）
ち11

知念実希人
時限病棟
目覚めると、ベッドで点滴を受けていた。なぜこんな場所にいるのか？ ピエロからのミッション、ふたつの死の謎…。『仮面病棟』を凌ぐ衝撃、書き下ろし！
ち12

堂場瞬一
独走
堂場瞬一スポーツ小説コレクション
金メダルのため？ 日の丸のため？ 俺はなぜ走るのか――。「スポーツ省」が管理・育成するエリートランナーの苦悩を圧倒的な筆致で描く！（解説／生島淳）
と114

実業之日本社文庫　好評既刊

東川篤哉
探偵部への挑戦状　放課後はミステリーとともに
美少女ライバル・大金うるるが霧ケ峰涼の前に現れた——探偵部対ミステリ研究会、名探偵は『ミスコン』=ミステリ・コンテストで大暴れ!?（解説・関根亨）
ひ42

東野圭吾
白銀ジャック
ゲレンデの下に爆弾が埋まっている——圧倒的な疾走感で読者を翻弄する、痛快サスペンス！　発売直後に100万部突破の、いきなり文庫化作品。
ひ11

東野圭吾
疾風ロンド
生物兵器を雪山に埋めた犯人からの手がかりは、スキー場らしき場所で撮られたテディベアの写真のみ。ラスト1頁まで気が抜けない娯楽快作、文庫書き下ろし！
ひ12

東野圭吾
雪煙チェイス
殺人の容疑をかけられた青年が、アリバイを証明できる唯一の人物——謎の美人スノーボーダーを追う。どんでん返し連続の痛快ノンストップ・ミステリー！
ひ13

誉田哲也
主よ、永遠の休息を
静かな狂気に呑みこまれていく若き事件記者の彷徨。驚愕の結末。快進撃中の人気作家が描く哀切のクライム・エンターテインメント！（解説・大矢博子）
ほ11

三角ともえ
はだかのパン屋さん
パン屋の美人店長が、裸エプロン!?　商店街の事件&アクシデントはパンを焼いて解決！　ちょっぴりエッチでしみじみおいしいハートウォーミングコメディ。
み81

実業之日本社文庫　好評既刊

木宮条太郎
水族館ガール
かわいい！だけじゃ働けない——新米イルカ飼育員の成長と淡い恋模様をコミカルに描くお仕事青春小説。水族館の舞台裏がわかる！（解説・大矢博子）
も41

木宮条太郎
水族館ガール2
水族館の裏側は大変だ！　イルカ飼育員・由香の恋と仕事に奮闘する姿を描く感動のお仕事ノベル。イルカはもちろんアシカ、ペンギンたち人気者も登場！

も42

木宮条太郎
水族館ガール3
赤ん坊ラッコが危機一髪——恋人・梶の長期出張で再びすれ違いの日々のイルカ飼育員・由香にトラブル続発!?　テレビドラマ化で大人気お仕事ノベル！
も43

守屋弘太郎
戦飯（いくさめし）
俺のレシピで天下統一!?　戦国時代の伊達家にタイムスリップした栄養士が、料理の腕で歴史を変える？　驚異の飯エンターテインメント登場！

も51

諸星　崇
猫忍（上）
厳しい修行に明け暮れる若手忍者が江戸で再会した父は……なぜかネコになっていた！「猫」×「忍者」癒し時代劇エンターテインメント。テレビドラマ化！

も71

諸星　崇
猫忍（下）
ネコに変化した父上はなぜ人間に戻らないのか……掟を破り猫と暮らす忍者に驚きの事実が!?　「猫」×「忍者」究極のコラボ、癒し度満点の時代小説！

も72

実業之日本社文庫　好評既刊

文日実
庫本業
　社之
あ141

ねこあつめの家

2017年2月15日　初版第1刷発行

著　者　相澤りょう
協　力　アミューズメントメディア総合学院
　　　　株式会社ヒットポイント

発行者　岩野裕一
発行所　株式会社実業之日本社
　　　　〒153-0044　東京都目黒区大橋1-5-1
　　　　　　　　　　クロスエアタワー8階
　　　　電話［編集］03(6809)0473［販売］03(6809)0495
　　　　ホームページ　http://www.j-n.co.jp/
DTP　株式会社ラッシュ
印刷所　大日本印刷株式会社
製本所　大日本印刷株式会社

フォーマットデザイン　鈴木正道（Suzuki Design）

ISBN978-4-408-55346-7（第二文芸）